AF390407

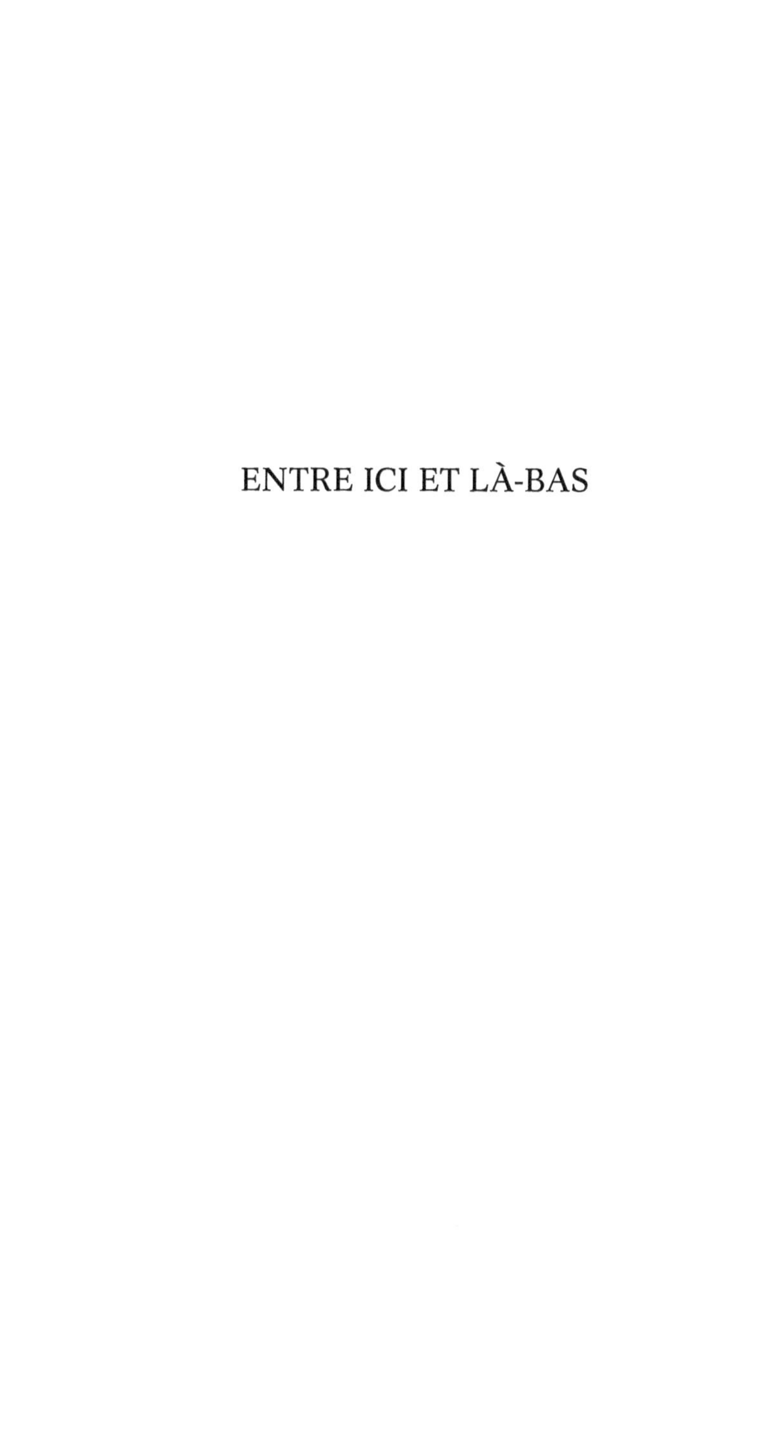

ENTRE ICI ET LÀ-BAS

DE LA MÊME AUTEURE

Romans

Le long hiver du jardinier. Villery (tome III), Ottawa, L'Interligne, 2015.

Avant que ne tombe la nuit. Villery (tome II), Ottawa, L'Interligne, 2012.

Du chaos pour une étoile. Villery (tome I), Ottawa, L'Interligne, 2009.

Et les regrets aussi…, Ottawa, L'Interligne, 2006.

Un doigt de brandy dans un verre de lait chaud. À ta santé, la vie! (tome III), Ottawa, L'Interligne, 2005. Prix Christine-Dumitriu-van-Saanen 2005.

Café, crème et whisky. À ta santé la vie! (tome II), Ottawa, L'Interligne, 2003.

Cognac et porto. À ta santé, la vie! (tome I), Ottawa, L'Interligne, 2001. Prix Trillium 2002.

Nouvelles

Quatuor pour cordes sensibles, Ottawa, L'Interligne, 2000. Prix du livre d'Ottawa, 2001.

Poésie

Le fol aujourd'hui, Ottawa, L'Interligne, 2013.

Passerelles, Ottawa, L'Interligne, 2008. Prix Trillium 2010.

Théâtre

Terre d'accueil (en collaboration avec Esther Beauchemin), Ottawa, L'Interligne, 2008.

Michèle Matteau

Entre ici et là-bas

ROMAN

David

Catalogage avant publication de Bibliothèque et Archives Canada

Titre : Entre ici et là-bas / Michèle Matteau.
Noms : Matteau, Michèle, 1944- auteur.
Collections : 14/18.
Description : Mention de collection : 14/18
Identifiants : Canadiana (livre imprimé) 20190126264 |
Canadiana (livre numérique) 20190126310 |
ISBN 9782895977117 (couverture souple) |
ISBN 9782895977339 (PDF) |
ISBN 9782895977346 (EPUB)
Classification : LCC PS8576.A8294 E58 2019 | CDD jC843/.6—dc23

Nous remercions le Gouvernement du Canada, le Conseil des arts du Canada, le Conseil des arts de l'Ontario et la Ville d'Ottawa pour leur appui à nos activités d'édition.

Les Éditions David
335-B, rue Cumberland, Ottawa (Ontario) K1N 7J3
Téléphone : 613-695-3339 | Télécopieur : 613-695-3334
info@editionsdavid.com | www.editionsdavid.com

À Kelsey, Marlyne,
Donnel et Kenny,
avec mon admiration
et mon affection.

On ne peut pas vivre
le corps ici et le cœur là-bas.
Cela s'appelle la mort,
la mort à petites journées.

Terre d'accueil[1]

---

1. Esther Beauchemin et Michèle Matteau, *Terre d'accueil* (pièce de théâtre), Ottawa, L'Interligne, 2008, p. 125.

1

C'est ça la vie rêvée ? C'est ici la terre promise ?

Une blague ! Pire, un mensonge ! Un leurre super ridicule.

Je me suis fait avoir. Papa s'est fait avoir. Maman aussi. Nous nous sommes tous fait avoir. Moi et mon petit frère Zacharie. Et même Marie-Neige, la seule Canadienne de naissance dans notre famille. Pour l'instant, elle ne comprend rien de tout ça, mais un jour, elle aussi se fera piéger par l'espoir.

Moi, j'en souffre plus que mon frère et ma sœur parce que je suis celle à qui on a promis une vie meilleure quand nous étions encore là-bas. Et j'étais assez âgée pour y croire.

Je m'en souviens encore un peu, de là-bas.

Je me rappelle les collines rondes et verdoyantes, les plantations de café et de thé, les hauts plateaux couverts d'eucalyptus, le lac si grand qu'on aurait dit la mer, la pluie douce qui féconde tout sous une température tiède. Pas d'extrêmes comme ici. Je me souviens des bruits de la ville où j'habitais, si différents de ceux d'ici : les pétarades continues des motos, le ronronnement des vieux moteurs, les cris joyeux du marché, les gens souriants qui se saluent bien fort en lançant des blagues. Je revois aussi les couleurs qui éclatent au soleil : l'ocre de la terre, l'orange et les roses vinés des tissus, l'éclat doré des fruits mûrs, le vert brillant des légumes frais, le bariolé violent des affiches sur les murs...

Je me souviens de qui j'étais et de qui je voulais devenir alors. J'avais des rêves plein la tête et le cœur. Des rêves à vivre là, au pays de mes ancêtres.

Tout ça s'est envolé. Même ces images de là-bas perdent leur lumière, s'affadissent peu à peu. Je n'ai rien pour les retenir. Pas même des photos de ma maison. Je crains qu'un jour ce passé disparaisse complètement de moi. Mon pays d'origine perd aussi son nom... subtilement. On le nomme si rarement : il n'est plus que « là-bas ».

Par la force des choses, je suis devenue une sorte de pont branlant entre les deux continents où vivent mes parents. Ici, avec leur corps. Là-bas, dans leur tête. Je cherche qui je suis. Et je ne suis plus sûre de rien.

Depuis deux ans, je suis celle qui doit saisir le pourquoi des gestes, des comportements des gens d'ici. Vite, vite. Comme, au foot, le gardien doit voir venir le ballon. Je dois leur traduire tout ça à mes parents. Surtout à maman.

Chaque jour, dans la rue et à l'école, j'essaie de devenir une Canadienne. J'essaie de vivre comme une fille d'ici. « Elle s'est bien adaptée », qu'on dit de moi ! Mais à la maison, on m'a donné mission d'ouvrir les sentiers d'ici à des gens de là-bas. Pas facile. Grosse responsabilité que celle de montrer la voie quand tu ne sais pas toi-même exactement où tu t'en vas, où tu veux aller et où il faudrait que tu ailles !

Au fond de moi, tout bouge. Tout le temps. Mes idées, ma façon de voir, de ressentir, de m'exprimer. Oui, mes souvenirs flottent... et parfois, ils dérivent.

Malgré les mois qui s'additionnent, je sens que mes parents n'ont pas encore quitté le pays d'origine. Ils en ont fui les dangers, mais leur cœur reste incrusté là-bas. Ce pays lointain, le temps et la distance le déforment et, surtout, l'embellissent. Un peu plus chaque jour. De là-bas, ils ne retiennent maintenant que le soleil, les chants de joie et la chaleur bienveillante. On dirait qu'ils ont oublié pourquoi ils sont partis. Ils ont oublié la corruption du gouvernement, la vengeance qui couvait et les vieux démons tapis derrière les sourires affables.

Moi, je suis convaincue que les pays, c'est comme les gens : ils changent constamment. On dirait qu'ils ne voient pas ça, mes parents, et ils restent accrochés à un pays qui a disparu. Un pays qui n'existe plus que dans leur tête et qui ne ressemble plus du tout au vrai. Je les regarde vivoter, se protéger de ce qui est différent de là-bas, devenir super frileux. C'est toujours l'hiver en eux, on dirait.

Surtout pour maman.

Dans la vie de tous les jours, elle ne fait que frôler son pays d'adoption. Son esprit est encore là-bas. Ça se voit dans la façon de vivre qu'elle nous impose, dans ce qu'on mange, dans ce qu'elle écoute à la télévision, dans ce qu'elle raconte à ses sœurs au téléphone chaque dimanche, dans ce qui la préoccupe et, surtout, dans ce qu'elle exige de moi. C'est qu'elle ne sait pas du tout comment agir avec une adolescente « d'ici ».

J'en paie le prix. Le prix fort.

Papa et maman mettent tous leurs efforts et leur énergie pour se débrouiller dans cet « ici » qui les affole souvent et les étouffe parfois. Ils tentent de nous faire croire, à Zacharie et à moi, que tout va bien, que notre vie est devenue bien meilleure. Moi, je n'en suis pas sûre. Pas sûre du tout. Devenir Canadien ça n'arrive pas d'un coup, par la poste, avec l'attestation de résident permanent ou avec la citoyenneté.

À la maison, on patauge dans l'eau glauque de l'attente d'autres papiers à remplir, du manque d'argent, de la précarité de l'emploi de mon père et des difficultés de maman à comprendre le français d'ici et à apprendre l'anglais. On dirait que chaque petite avancée est suivie d'un grand recul. C'est épuisant.

Je voudrais bien l'entrevoir, cet avenir lumineux dont ils me parlent. Je veux en être, de ce paradis promis. Mais, comme on dit là-bas : « Pas facile d'être le bourgeon d'un arbre déraciné... »

Je pense qu'à l'école, les copains et même les profs n'aident pas toujours. Ils veulent bien faire, de ça je suis certaine, mais ils ont parfois de curieuses façons de l'exprimer. Comment peut-on se sentir d'ici quand les premières questions qu'on te pose sont toujours sur « là-bas » ? Aux élèves « d'ici », on demande ce qu'ils aiment, ce qu'ils veulent faire plus tard. À moi et à mes camarades immigrés, on demande comment c'était là-bas. Pourquoi je suis venue ici ? Parfois même on s'informe de quand je vais retourner chez moi ! Pour eux, c'est clair que chez moi... c'est là-bas.

Alors que je fais tous les efforts pour que ce soit
ICI.

Ça va durer combien de temps, ce malen-
tendu ? Combien d'années je devrai vivre ici pour
avoir le droit de dire qu'ici c'est chez moi ?

Certains jours j'ai mal. Très mal. Mal à hurler. Et je n'ai personne à qui crier ma rage, ma
déception, ma peur. Surtout ma peur.

Si seulement grand-mère était près de moi.

2

L'école a repris depuis trois semaines. J'ai revu des copines et des copains de l'an dernier. D'autres ne sont pas revenus. Une nouvelle année scolaire, c'est une belle promesse toute chaude, mais aussi une adaptation de plus à faire. Nouveaux profs, nouveaux camarades, nouveaux sujets de cours…

Cet après-midi, j'ai séché les maths. Un bloc de deux heures. Je réussis bien en maths. J'ai la bosse. Je n'ai jamais eu de retard dans cette matière-là à mon arrivée. Les maths, c'est la matière rêvée pour une immigrante : c'est partout pareil.

En français aussi je réussis bien. Une langue internationale, ça a ses avantages. Le hic ? Il a fallu me faire au français d'ici. Au début, j'ai été complètement déroutée, mais mon oreille s'est faite rapidement à cette mélodie différente. Ça exige de la souplesse, de la patience et de la bonne volonté. Je crois que c'est ce qui manque à maman.

Je suis sortie de l'école cet après-midi parce que j'ai besoin de faire le vide. J'en ai marre de tout, ces jours-ci. Oui, je sais, je n'aurais pas dû m'absenter comme ça. En onzième année, on commence à jouer serré : il faut accumuler de bons résultats pour avoir toutes les chances d'être acceptée à l'université et d'obtenir une bourse d'études.

Je n'aurais pas dû. Je sais.

Et puis, tant pis, c'est mon affaire. C'est ma vie. Je suis super fatiguée de devoir rendre des comptes à tout le monde : à mes parents, aux voisines fouineuses, aux profs, à la direction. J'en ai le ras le bol. Un ras le bol complet.

Bon, ça y est : je m'énerve encore. Ce que je veux au fond, c'est simplement la liberté de deux heures de flânerie, toute seule à la maison, pendant que Marie-Neige est encore chez sa gardienne, Zacharie à l'école, que papa enseigne et que maman est à son cours d'anglais.

J'ai volé du temps, du temps pour moi.

Pour faire quoi ? RIEN. Peut-être surfer sur Internet ou visiter mes amis Facebook. Mieux encore : rêver les yeux au plafond. Être une ado, quoi ! Une ado or-di-nai-re. Une ado canadienne. Même si je n'ai pas encore la citoyenneté.

J'ai prévu une excuse vraisemblable, au cas où. La prudence, c'est de prévenir les… imprévus. Choisir une excuse banale (ce sont les meilleures) comme un prof malade. Ça arrive. Hier, madame Savoie a eu un malaise et elle a dû quitter la salle de classe. On a eu une période libre. Je me suis dit que cela aurait pu être le dernier cours de l'après-midi et dans ce cas on nous aurait permis de partir. Mon excuse n'est donc pas tout à fait un mensonge. Simplement un déplacement chronologique de vérité.

Je suis assez bonne pour inventer des histoires. Je sais mentir avec vraisemblance, ajouter l'émotion qu'il faut dans mes explications. Surtout ne pas trop en mettre. Et, attention : ne jamais abuser de ces choses-là si on veut rester « crédible ».

Je me suis faufilée dans la maison par la porte arrière. Comme ça, la voisine d'en face qui rapporte tout à maman ne peut me voir arriver. Elle a toujours le nez à sa fenêtre celle-là et elle enregistre tous les mouvements de la rue et de la terrasse. Un vrai appareil de surveillance. Je l'appelle « Madame Caméra ».

La maison est silencieuse. Par précaution, je ne fais pas de bruit.

Heureusement !

Maman est déjà rentrée.

J'entends de gros sanglots pleins de douleur qui viennent de l'étage. Je tends l'oreille. Maman parle au téléphone avec quelqu'un de là-bas. Par ses réponses, je comprends que c'est avec oncle Hubert, le frère de papa. Il est question de grand-mère. Elle ne va pas bien du tout. Ce n'est pas la première fois que son cœur s'excite. Ça a commencé avec la fuite de papa et ça s'est amplifié depuis notre départ à nous. Je sens que le malheur va tomber une fois encore sur la maison. Il me semble apercevoir la trompe noire d'une tornade.

J'étouffe un cri.

Grand-mère ! Je l'aime tellement !

Elle me prenait souvent chez elle quand j'étais toute petite et que je n'allais pas encore à l'école. Puis, elle a continué, plus tard, durant les vacances scolaires. Elle m'écrivait toutes les semaines quand nous sommes arrivés ici. Quand elle s'est procuré un téléphone cellulaire, elle a cessé de nous écrire. On se parle maintenant.

C'est plus simple. Plus direct. Sauf que… c'est mon père qui lui parle. Pas moi. En tous cas, je ne lui parle jamais longtemps. Et comme tout le monde écoute ce que chacun raconte, je lui parle beaucoup, mais je ne lui dis rien. Pas les vraies choses en tout cas. Rien de ce que j'aimerais vraiment lui raconter, rien de ce que j'aurais besoin de lui confier…

Je pressens ce qui va se passer au retour de papa du travail : les éclats de voix, les cris, les pleurs et surtout la discussion qui va s'intensifier entre mes parents. Toujours super intenses les discussions chez nous ! On va parler une fois encore des malheurs de l'exil, de l'argent à emprunter, car papa va vouloir se rendre chez sa mère maintenant qu'il a son passeport canadien. Je crois entendre la voix affolée de maman. Ça me remplit déjà les oreilles. Elle va implorer papa de ne pas partir, à cause des dangers qu'il court toujours là-bas. Je frissonne en imaginant le désespoir de maman : « Tu ne peux pas nous faire ça, tu ne dois pas aller là-bas. ILS n'attendent que ça. »

Elle a raison d'ailleurs. Ici, papa est maintenant un Canadien, mais là-bas, il reste un fugitif. Toujours recherché par le pouvoir en place. Son passeport canadien tout neuf n'y changerait rien.

« Tu vas te jeter dans la gueule du loup, t'exposer au pire. Pense à nous ! » Il me semble entendre aussi la voix lente et grave de papa envahir le salon, gonfler, insister, mordre dans chaque mot : « C'est mon devoir d'aîné, de chef de famille de me rendre auprès de ma mère malade. »

J'imagine les sanglots qui emplissent la maison. Ceux de Marie-Neige qui ne comprend rien, ceux de Zacharie qui comprend trop et ceux de maman qui lance, furieuse :

« Et que fais-tu de ton devoir de chef de NOTRE famille ? »

Avant de plonger dans de trop sombres pensées, d'éclater comme une hystérique, je recule vers la cuisine, gagne la cour et file jusqu'au marché By pour me perdre dans la foule des flâneurs et des touristes.

De menteuse, je suis devenue lâche.

3

Je m'appelle Ganaëlle. J'ai seize ans, bientôt dix-sept. Je suis née en Afrique noire. Mettons tout de suite les choses au clair : l'Afrique, c'est très grand. Et ce n'est pas un pays, c'est un continent. J'y ai vécu jusqu'à l'âge de quatorze ans. J'ai immigré au Canada, qui n'est pas un continent mais un pays, avec ma mère et mon petit frère Zacharie. Nous sommes venus rejoindre mon père. Cela fera deux ans à la fin de novembre que nous vivons à Ottawa.

Là-bas, j'avais une grande famille, des tas de gens me connaissaient, et j'avais une meilleure amie depuis la première journée d'école.

Ici, j'ai une petite famille, des copains et des copines de classe, mais pas d'amie. Encore moins d'amoureux. J'aimerais bien parfois… De toute manière, les garçons de l'école, je les trouve… comment dire… je les trouve puérils. Voilà.

Conséquence ? Je me sens super seule. Je ne sais plus très bien qui je suis. Je le sais de moins en moins, on dirait. Je suis une adolescente, ça c'est évident. Mais une fille prisonnière de racines qui l'étouffent. Je ne suis pas la seule de ma classe qui vit ainsi, assise entre deux chaises. On n'en parle pas entre nous. Ou si rarement. Le sujet est tabou. Chacun de nous fait comme si tout allait super bien. On bluffe…

Je travaille fort à l'école. Il a fallu m'adapter vite au système scolaire d'ici, à un nouveau parler français, à des habitudes de vie surprenantes… pour moi. Et puis, j'ai dû apprendre à parler anglais. Dans ma classe, tout le monde connaît cette langue. Pour vivre à Ottawa, mieux vaut se débrouiller en anglais. J'ai vite compris ça !

Ce n'est pas ça le pire. Non. Ce qui me rend confuse, c'est de vivre avec des parents différents de ceux que j'avais là-bas ! Oui, oui, depuis que nous nous sommes retrouvés ici, j'ai l'impression d'habiter avec des étrangers.

Le père qui m'attendait après cinq ans de séparation n'était plus l'homme enjoué, bon vivant et fier que j'avais là-bas. Il avait beaucoup vieilli. Je dirais… rapetissé. Ma mère, elle, devient chaque jour une autre femme : constamment fatiguée, triste au point de ne voir rien que le côté sombre des choses, et super protectrice. Elle se met en colère pour des riens, et tout l'effraie. Sans le vouloir, sans le savoir, elle me transmet son angoisse.

J'ai à m'adapter non seulement à un nouveau pays, à une nouvelle école, à de nouveaux camarades, mais aussi à une nouvelle famille. Et ça, c'est vraiment dur.

Pour survivre, je me rebiffe.

Au début, je me réfugiais dans mes souvenirs qui étaient alors bien précis : notre grande maison sous les arbres, la rue calme du quartier, le lycée où j'étais une des meilleures élèves et le centre culturel où j'étais mademoiselle Ganaëlle, la « fille de monsieur Toussaint », le journaliste connu, l'animateur de radio, l'homme de tous les débats politiques… Dans ma mémoire des temps heureux, je jonglais aussi avec des images de ma mère partant pour son travail, dans des vêtements élégants, coiffée à la mode, et je souriais en me rappelant ses mains manucurées qui s'agitaient pour me dire au revoir. Elle laissait Zacharie aux deux domestiques qui s'occupaient de nous, qui assuraient l'entretien de la maison et la préparation des repas. Ce n'était pas la misère pour nous là-bas. Ma vie était libre, insouciante et facile.

Mais, les souvenirs riants de là-bas s'effacent un peu chaque jour. On dirait des dessins à la craie sur un trottoir où il n'arrête pas de pleuvoir. Il me faut me fabriquer d'autres rêves… Sans rêve, moi, je ne survivrais pas.

Après avoir filé de la maison tout à l'heure, je me suis arrêtée dans un *fast-food* du marché. On peut y passer des heures à siroter une boisson gazeuse.

Pour oublier ce qui risque de me sauter à la figure à mon retour chez moi, j'ai acheté un magazine de mode. Isolée à la table du fond, je rêvasse à chaque page. Une fuite comme une autre. Un voyage fait de tissus vaporeux, de cuir luisant, de souliers à talons hauts. Ce serait chouette d'avoir un emploi dans une boutique de vêtements. Ma copine Jennifer m'a assurée que les employées ont droit à des rabais sur les vêtements du magasin. Elle connaît tout, Jenny. Elle a de l'expérience aussi ! Beaucoup d'expérience. On pourrait mettre un S au mot expérience quand on l'entend raconter ce qu'elle a vécu. Je n'arrive pas à tout croire. Pourtant, elle me jure que c'est la vérité.

C'est toujours une histoire d'acheter des vêtements avec maman. Une histoire de sous. Mais aussi une histoire de goût. À mon âge, je ne veux plus avoir l'air d'une petite fille. Je vis en Amérique maintenant. Je veux m'habiller comme les filles d'ici. Mais il y a toujours un problème avec ma mère. Non, c'est faux : pas UN problème. Des TAS de problèmes. Les séances de *shopping* avec elle sont crevantes.

— J'ai grandi, maman.

— Ma fille ne portera pas ça.

— Nous sommes en Amérique, maman.

— Ma fille est Africaine.

Facile de résumer ses arguments pour écarter chaque paire de jeans, chaque jupe, chaque *top*, chaque bijou. Un mot suffit : TROP. Trop court, trop relax, trop serré, trop transparent, trop brillant, trop vulgaire, trop décolleté, trop cher.

Trop, trop, trop…

Un jour où j'insistais pour avoir une blouse qu'elle jugeait trop transparente, elle m'a giflée. Dans le magasin. Au milieu des autres clientes. Elle n'avait jamais fait ça avant. Jamais. Je pense qu'elle a été aussi secouée que moi de son geste. Elle s'est mise à pleurer. Nous sommes sorties à toute vitesse. Elle avait honte. Et moi j'étais super humiliée.

J'avais cru, cette fois-là, que c'était un geste exceptionnel. Je me trompais : elle l'a fait à nouveau depuis. C'était la fois du maquillage. J'avais emprunté celui d'Arlette. Quand je suis rentrée à la maison, maman berçait Marie-Neige. Elle m'a dévorée des yeux, mais n'a pas dit un mot. Elle s'est simplement levée, a déposé la petite sœur sur le sofa et s'est approchée de moi. Son regard n'avait jamais été aussi dur, et j'ai reçu un vrai coup de fouet sur la joue. Maman est une femme grande et forte. Pas une poupée de porcelaine. Encore moins une poupée de chiffon. Sa main m'a fait très mal. Elle a crié à la vulgarité, m'a traitée de tous les noms, même de ceux qu'elle m'interdit d'utiliser. Puis, elle a pris un linge humide et m'a ordonné de me débarbouiller avant que papa voie le « gâchis dégoûtant ».

Depuis, il existe une tension entre nous. Je ne suis plus sa petite Ganaëlle. Ce temps-là s'est éteint : elle a soufflé la bougie.

Alors, parfois, quand la tension monte trop à la maison et que j'ai besoin de fuir un peu, je fais marcher mes doigts sur les pages du magazine à rêves...

Et je savoure l'idée que dans quinze mois et cent un jours, j'aurai dix-huit ans.

4

Comme beaucoup d'histoires d'immigration, la nôtre a commencé par une guerre. Une guerre qui avait pourtant l'air d'être terminée. Une guerre entre voisins. Entre familles. Entre frères. Une guerre à cause d'un passé qu'on avait cru enterré. À cause de vieilles histoires, de vieilles injustices. Et, bien entretenu, de part et d'autre, le goût de la vengeance. Ce truc-là, ça couve sous la cendre des maisons et des fermes brûlées, des corps torturés, assassinés, puis jetés au charnier. Le temps a beau avoir lavé les crimes de chaque clan et les années s'être égrenées, un passé peut vite redevenir un présent. Une étincelle suffit.

Cette guerre avait incendié mon pays, puis s'était apaisée avant ma naissance. Je n'en sais que ce que j'en ai entendu chuchoter et qui faisait encore jaillir des larmes. On n'en parlait jamais clairement. On y pensait sans cesse. J'ai compris les horreurs vécues à travers des allusions des sœurs de maman, d'oncle Hubert, de cousins et cousines plus âgés. À l'école, on nous racontait en détails les vieilles guerres européennes, mais on passait sous silence ce qui avait été vécu dans le pays vingt ans plus tôt. C'est comme ça.

J'ai beaucoup écouté les grandes personnes et j'ai imaginé ce qu'on taisait…

Ma mère est née sur une ferme. Son frère aîné a disparu au tout début de la guerre civile. Son autre frère a fui. Personne n'a jamais plus entendu parler de lui.

Affolé, grand-père a quitté le pays avec grand-mère, maman et mes deux tantes. Tous les cinq, ils se sont retrouvés dans un camp de réfugiés de l'autre côté de la frontière. La soif, la faim, la maladie, c'est ce qu'ils ont vécu. Grand-père est mort. Du choléra, mais aussi d'épuisement et de chagrin. Il avait peut-être cru, comme tant d'autres là-bas, en la réconciliation des ethnies. Un an plus tard, grand-mère l'a suivi de l'autre côté de la vie.

Maman ne m'a rien raconté d'autre. Elle et mes tantes ont passé deux ans dans ce camp surpeuplé. C'est tout ce que je sais. Elles restent muettes sur ces années. C'est comme si elles avaient honte. Mais honte de quoi ? De ce qu'elles ont vu ? De leur peur ? Ou honte d'avoir survécu ? Ça arrive, il paraît, aux gens qui en réchappent de se sentir coupables de vivre.

Quand la guerre civile s'est terminée, maman est rentrée au pays avec ses sœurs, mais elles ne sont jamais retournées sur la ferme des ancêtres. L'horreur y restait trop vivante. Elles ont préféré aller à la ville où elles pouvaient finir leurs études et chercher du travail.

Toute petite, je sentais encore le frisson de la peur sur la peau de ma mère. Une enfant capte ces choses-là. C'est comme un rythme qui se rompt subitement. Un enfant entend les battements d'un cœur qui s'accélèrent au moindre bruit, au moindre coup frappé à la porte. Un enfant sait tout, même les secrets affreux que cachent les grandes personnes. Et, plus que tous les autres, je pense, les secrets entachés de violence.

Mon père, lui, n'a pas vécu la guerre civile. Il était à l'étranger.

Papa est né dans une famille d'avocats influents. Le droit ne l'intéressait pas. En tout cas, pas pour en faire une profession comme son père. Lui, il rêvait du monde des médias. Grand-père n'était pas d'accord avec ce choix. Alors, il l'a envoyé en France poursuivre des études en droit et en sciences sociales. Et il lui a donné quatre ans pour réfléchir.

C'est à Grenoble que papa a appris la mort de son père. C'était juste avant le début de la guerre civile. Un tragique accident. Une mort mystérieuse. Un avion qui s'écrase sans cause. Un appareil qu'on ne retrouve jamais. Tout ça ressemblait beaucoup à un assassinat politique. Grand-père était près du pouvoir et il en savait peut-être trop sur ce qui se tramait. C'est ce que grand-mère a pensé. Elle a senti venir le déchaînement qui détruit tout. Sans hésiter, avec l'oncle Hubert qui était alors adolescent, elle a fui chez son frère aîné qui vivait aux États-Unis. La famille était morcelée.

Malgré leurs craintes, l'amour de leur pays a été plus fort que tout et les exilés sont rentrés d'Amérique et de France. Le pays sortait du tunnel de la haine. Il tentait de se relever, nettoyait et pansait ses blessures. Chacun voulait croire à la fin du cauchemar et à l'arrivée de jours meilleurs.

Les plaies guérissaient, mais les cicatrices qui se formaient demeuraient bien visibles. Tout était à reconstruire. Papa s'est jeté dans le travail. Il a commencé sa vie de journaliste et d'animateur à la radio. Il voulait croire à la fraternité et à la paix.

C'est au cours d'une recherche sur la vie dans les camps durant la guerre civile qu'il a croisé le chemin de Désirée, ma mère.

5

J'aime écrire. J'ai besoin d'écrire. Ça m'aide à réfléchir, à décolérer, à tenter de comprendre les évènements et les personnes. Alors, certains jours, je noircis des pages et des pages. Puis, quand tout devient trop intense, je délaisse mon cahier secret pendant des semaines... C'est ce qui m'est arrivé ces derniers temps.

Chez nous, la vie s'est figée.

Tout est silence dans notre petite maison. Même Marie-Neige qui babille tout le temps se tait aujourd'hui. Les visages sont mouillés de larmes, les voix rouillées de désespoir. La maison reste en deuil.

Grand-mère est morte.

Dans les semaines qui ont suivi le téléphone d'oncle Hubert où j'ai eu si peur que papa parte voir sa mère malgré les dangers de là-bas, grand-mère a pris du mieux. Papa est donc demeuré au Canada. Maman a respiré plus librement. Le calme est revenu entre eux.

À la fin de novembre, grand-mère a fait une nouvelle crise. Et là, tout s'est précipité. Le cœur, ça ne pardonne jamais. Papa n'a pas eu le temps d'organiser son départ. Il a reçu la terrible nouvelle au milieu de la nuit : c'était fini.

Pour lui, tout s'est écroulé. Il s'accuse d'avoir failli à son devoir. D'avoir manqué à ses responsabilités. Il dit avoir laissé mourir sa mère dans la solitude. C'est tout faux. Oncle Hubert était là. Avec sa femme et ses enfants. Et grand-mère ne voulait pas que papa prenne des risques pour elle. Tout cela avait été dit. Redit. Écrit aussi. Il le sait, mais sa douleur lui fait oublier la réalité.

Depuis trois semaines, la maison a l'air d'un cimetière.

Alors que la ville s'illumine de neige et projette partout les feux des arbres décorés, alors que tout le monde se prépare pour Noël, notre maison est sombre et triste. Nous ne fêterons rien cette année. Le deuil prend toute la place.

Jennifer m'a invitée à un party. Je n'ose pas en parler à mes parents. Encore moins demander d'y aller. La réponse, je la connais. Alors, je pleure. Comme les autres. À cause de grand-mère que j'aimais tant, qui a été si importante dans ma vie. Si présente auprès de nous après la fuite de papa.

Quand maman devait s'absenter en dehors de la ville pour son travail, grand-mère nous prenait en charge, Zacharie et moi. Avec elle, nous nous sentions en sécurité. C'était une femme bien, grand-mère. Très bien même. Elle était digne. Elle prenait la vie sérieusement, mais avec le sourire aux lèvres. Comme les gens qui ont beaucoup souffert et qui savent différencier une frustration pénible d'un simple souci et une tragédie d'un triste évènement. Papa a toujours dit que grand-mère était une femme sage. Elle l'était, oui. Je pleure sur cette sagesse qui, si j'avais eu le courage de me confier, aurait pu m'aider à traverser le tunnel où j'avance en aveugle.

Je pleure aussi sur moi. Sur mes misères présentes, mes frustrations, mes malaises de fille de presque dix-sept ans qui n'a pas la vie qu'elle souhaite.

Le mois dernier, sans en parler à mes parents, j'ai accepté un emploi temporaire à l'épicerie près de chez nous. On cherchait des employés supplémentaires pour les vendredis soir et les samedis matin jusqu'à Noël. C'est une épicerie où ma mère ne va jamais – trop chère pour le budget familial –, alors je ne craignais pas de la croiser par hasard.

Comme je suis grande et que je peux avoir l'air très sérieuse, ils m'ont cru majeure et n'ont rien vérifié. Il faut dire qu'ils avaient un urgent besoin de personnel. Mes parents n'en savent toujours rien.

J'aime avoir un secret.

Pour pouvoir m'absenter, je dis que je vais étudier à la bibliothèque. Bibliothèque, c'est le mot magique avec mes parents. Ils veulent tant que je fasse de bonnes études et que je puisse m'inscrire à l'université. Comme la bibliothèque publique est tout près de l'épicerie, ce que je dis c'est la vérité... à laquelle il manque tout juste cent mètres. Et c'est pour une bonne cause. Avec l'argent gagné, je vais d'abord me payer quelques vêtements et faire tresser mes cheveux. Puis, j'offrirai ce qui restera en cadeau de Noël à ma famille.

Un peu de bonheur pour apaiser le malheur qui hurle en silence dans la maison. Et dans le cœur de chacun de nous. Même celui de Marie-Neige qui ne sait rien, mais ressent tout.

6

J'ai survécu aux vacances. Les vacances d'un saule pleureur. Oui. J'ai pleuré tout le temps.

À l'occasion du deuil qui nous afflige, des gens du pays, immigrés comme nous, nous ont rendu visite. Comme nos proches sont… loin, les compatriotes ont pris leur place. Dans la tradition de là-bas, ils sont venus partager notre douleur, en apportant des présents et de la nourriture. Avec eux, nous avons beaucoup, beaucoup parlé de là-bas. Et de grand-mère…

Je me demande si ces visites sont vraiment un soulagement. Il me semble qu'elles ne font qu'entretenir la souffrance. L'activer chaque jour. Peut-être que cela a aidé mes parents. Je ne sais plus : c'est très compliqué tout ça !

Nous avons aussi fait un Skype avec les amis français de mon père, ceux avec qui il a étudié autrefois et qui l'ont hébergé après sa fuite. Nous avons reçu des tas d'appels de là-bas. J'ai même parlé avec Carline, mon amie d'enfance.

À mon arrivée ici, nous nous sommes écrit souvent, elle et moi. Quand papa a acheté l'ordinateur, nous avons échangé beaucoup de courriels. Mais, les mois ont passé et tout cela s'est fait rare. Ce qui m'a vraiment chagrinée, c'est que notre échange au téléphone était percé de silences. Nous ne savions plus quoi nous dire. Il y avait comme trop à raconter, et puis c'est difficile d'expliquer à Carline qui vit là-bas comment se passent les choses ici. Nos vies se sont trop éloignées l'une de l'autre. Nous avons d'autres amies. Peut-être pas des amies comme nous étions amies nous deux, mais chacune de nous est passée à autre chose. « C'est normal », me répète papa, pour me consoler. Ça me rend très triste, cette normalité-là.

Oui, durant le congé des Fêtes, qui n'en ont pas été, j'ai beaucoup pensé au pays de mon enfance. Trop souvent et trop violemment pour me faire du bien. Je ne veux pas vivre comme mes parents, coupée en deux, le corps à un endroit de la planète et la tête à un autre. Tout ça, c'est la faute du deuil, des visites, des téléphones…

Mais c'est surtout à cause du départ de grand-mère que mon esprit est allé si souvent voyager là-bas. Je ne veux pas d'une fissure dans mes souvenirs d'elle. Je ne veux pas que son visage s'efface de ma mémoire comme ont pâli les couleurs de là-bas. Je veux pouvoir entendre sa voix tout au long de ma vie. Elle aurait compris mes problèmes avec maman, elle. La femme sage m'aurait écoutée. Mais je ne saurai jamais ce qu'elle m'aurait dit… et cela restera un trou noir pour toujours.

Un départ sans adieu, c'est terrible.

Ça ne devrait jamais exister !

On s'enfonce dans le froid de janvier maintenant.

Dans deux jours, ce sera mon anniversaire. Dix-sept ans, ça se célèbre, il me semble. Mais maman et papa ne pensent qu'à la mort. Je ne leur en veux pas. Enfin… pas trop. C'est comme pour l'argent de mon travail que je leur ai offert pour Noël : ils m'ont à peine remerciée. On aurait dit que je les avais humiliés. Ils m'ont reproché d'avoir menti, de n'avoir pas obtenu leur permission avant de prendre cet emploi.

Le flop total ! Je fais toujours les choses de travers…

Arlette a préparé une petite fête pour moi. Ses parents sont en voyage. On va passer quelques heures entre camarades d'école. Comme c'est le mercredi avant le début de la session d'examens, je vais prétexter une autre séance d'études à la bibliothèque. Ce sera un plus gros mensonge cette fois : Arlette habite à plusieurs rues de chez nous. Elle a invité des garçons et des filles. Génial ! Tout le monde se rendra directement de l'école chez Arlette.

Sauf moi. Moi, je dois souper avec la famille.

7

J'ai avalé rapidement un bol de ragoût. Je dois faire vite pour avoir le temps de m'amuser à MON party avant de rentrer à la maison. Les bibliothèques ne restent pas ouvertes jusqu'à minuit à Ottawa !

— Depuis quand tu te changes pour aller à la bibliothèque ?

Maman se tient à la porte de la cuisine, les mains sur les hanches. Méfiante. Zacharie et papa regardent la télévision. La forte voix de maman attire leur attention. Marie-Neige se met à couiner dans sa chaise haute.

— Bien, c'est que… des fois on rencontre des amis de l'école. Je veux pas avoir l'air négligée.

— Mais tu as toujours l'air négligée avec tes jeans délavés. Élimés. On a l'air d'une famille de pauvres à cause à toi !

Papa lui fait signe de laisser tomber.

Le temps de mettre mes bottes et d'enfiler mon manteau, je sors. Furieuse.

Dehors, le froid est vif. Sur la terrasse des logements sociaux où nous habitons, de jeunes voisins crient en frappant avec des bâtons rafistolés une rondelle abîmée. Ils se croient des champions !

Je m'éloigne d'eux en suivant la rue York vers Nelson et rejoins les vitrines de la rue Rideau. C'est en attendant au feu vert que j'ai soudain conscience de mon oubli. Un oubli qui détruit mon astuce et affiche mon mensonge : j'ai laissé mes livres et mes cahiers de notes à la maison. Bien à la vue, près de la porte d'entrée.

Il me faut retourner, sans cela, tout sera gâché.

Je commence à rebrousser chemin, en rageant contre moi-même. À quelques mètres sur Nelson, papa est là qui me tend mon sac à dos.

— Tu as oublié ça, Ganaëlle, qu'il me dit sur le ton des mauvais jours.

— Oh ! Merci. Je viens tout juste de m'en rendre compte !

Papa ne sourit pas.

— Qu'est-ce qu'il y a ? J'ai dit quelque chose ?

Ses yeux me fixent avec une froideur soupçonneuse. Je me sens mal à l'aise.

J'ose lui demander si je l'ai fâché. Il ne répond pas à ma question… enfin pas directement :

— Je te rappelle, Ganaëlle, que pour te rendre à la bibliothèque, tu n'as pas à traverser la rue Rideau. Et c'est à gauche que tu dois aller.

Sa remarque me prend de court. Je ris pour avoir le temps de trouver une réplique intelligente :

— Je suis distraite, tu le sais.

Pas un mot ne sort de sa bouche. Un ange passe.

Je finis par balbutier :

— J'ai trop de choses en tête… avec les examens qui s'en viennent.

Je force un sourire et lui fais la bise. Il reste de bois. J'endosse mon sac et, avec des airs de fille parfaitement innocente, je le quitte. Il me faut ruser maintenant : faire un prudent détour par la gauche avant de revenir par une autre rue vers la droite jusque chez Arlette. Encore du temps perdu.

Je suis en retard... à ma propre fête d'anniversaire.

8

— On a eu trop de plaisir ! C'était tellement *cool* ! lance Émilie en sortant de chez Arlette.

Elle ricane sans arrêt et tournoie au coin de la rue Stewart. Olivier la prend dans ses bras. Le foulard d'Émilie glisse sur la neige. Olivier le ramasse, le secoue un peu et l'enroule autour du cou d'Émilie qui l'embrasse sans timidité.

Je fais celle qui n'a rien vu. Je ne vois rien ce soir… Même pas vu le temps passer. Je suis restée trop longtemps chez Arlette. La bibliothèque est fermée depuis trente minutes. Quand j'ai remarqué qu'Olivier et Émilie revêtaient leur manteau, je me suis précipitée vers eux et leur ai demandé l'heure. Ils m'ont attendue et nous avons quitté les copains tous les trois ensemble.

Tout en marchant, nous revivons la soirée. Nos éclats de rires traversent le calme des rues de la Côte de Sable. Quel *party* ! Tout le monde a été super gentil avec moi. Il y avait plein de bouffe. Surtout ce qu'il ne faut pas manger pour rester en santé. Il y avait aussi à boire. Pas rien que des boissons gazeuses. Du sérieux. Les *leftovers* des Fêtes, a précisé Arlette. Et… des brownies. Super bons.

J'ai chanté et j'ai ri, ri, ri. Ça fait tellement de bien de rire.

J'ai dansé aussi. J'aime les rythmes endiablés. J'aime quand la musique est tellement forte qu'elle m'isole. Ça me donne des ailes. Je me sens libre. Libre comme une fille NORMALE de dix-sept ans.

Nous étions une douzaine de la classe. Et deux autres que je connais de vue seulement. Des gars de douzième année. Ma copine Rosemarie aussi est venue. Ça m'a fait vraiment chaud au cœur qu'elle soit là. Mais elle a dû quitter très tôt, en fait… presque tout de suite après mon arrivée, car c'était soir de répétition de l'orchestre à l'école. Elle joue du violon. Ça m'a attristée de la voir partir parce que je me sens bien avec elle. Je crois qu'elle et moi nous pourrions devenir de vraies amies comme Carline et moi dans le temps.

Ils avaient commencé à célébrer ma fête… sans moi. Depuis un bon moment. Quand je suis arrivée, il y en avait qui étaient clairement sous l'effet de l'alcool et d'autre chose aussi, je pense. Je suis un peu ignorante sur ce qui s'achète dans les recoins de la cour d'école. Et comme je n'ai jamais d'argent, on n'insiste pas avec moi.

Il faisait si chaud que Sébastien a ouvert les fenêtres du salon. En plein mois de janvier, au Canada. Jennifer, Carlos et Vianney sont sortis sur le balcon pour fumer. Sans manteau. Il faut être vraiment habitué au froid pour faire cela. Ou aimer vivre dangereusement.

Ce soir, j'ai bu de l'alcool. Pour la première fois. C'est sans doute pour ça que la musique m'a fait tant d'effets. Et que j'ai dansé, dansé, comme une possédée. Malgré l'heure tardive, je ris. Malgré le froid, je ris. Malgré la garantie d'une engueulade à la maison, je ris.

Émilie et Olivier me quittent au coin de la rue Augusta. C'est ici que nos chemins bifurquent. Je suis seule.

D'un coup, je ne ris plus. Je frissonne.

Me voici dans une rue trop calme que ma solitude assombrit. Par réflexe, j'accélère le rythme de ma marche.

Est-ce mon imagination ?

Depuis un moment, je perçois des pas derrière moi. Des pas qui se rapprochent. Je n'ose pas me retourner. Mon cœur palpite.

Courage, Ganaëlle. Tu as dix-sept ans maintenant.

Je fais la brave, l'insouciante. Pas question de courir, ce serait donner le mauvais signal. Je dois aller droit et garder le tempo. Je halète. Heureusement, ça ne se voit pas.

Le froid me pénètre maintenant jusqu'aux os. J'enfonce ma tuque.

Derrière moi, les pas persistent. Insistent.

J'entrevois enfin les feux de circulation de la rue Rideau. Il y a toujours plein de monde à ce carrefour. Les lampadaires et les néons des commerces illuminent tout. Je serai en sécurité.

Courage, Ganaëlle.

Mais une horrible pensée s'impose à ma mémoire ! Non, les lumières de la rue parfois ne changent rien. En juillet dernier, un adolescent de mon âge a été assassiné, à deux pas d'ici. C'était dans tous les journaux.

Je tremble.

Courage, Ganaëlle. Courage !

Les pas claquent derrière moi. Obsédants.

Mon sac à dos se fait de plus en plus lourd et encombrant. On dirait que la rue Rideau s'éloigne : instinctivement, je cours pour la rattraper. Les pas derrière moi se précipitent aussi. J'accélère, mais le feu passe au rouge.

Je suis coincée.

Je sens la présence étrange derrière moi. Une main saisit mon bras avec force et le retient. Je claque des dents.

9

L'éclairage cru du restaurant m'aveugle. Mon père m'a poussée au fond d'une banquette et m'a ordonné de l'attendre. À travers mes larmes, je l'observe qui, au comptoir, commande à manger et à boire.

Le temps s'étire. Je suis soulagée de me savoir avec mon père, mais de plus en plus inquiète de ce qui m'attend. Finis les ricanements. J'ai dégrisé d'un coup.

Le plateau qu'il ramène à la table contient une pizza, un immense coca et un grand café. Papa s'empare du café et pousse le plateau vers moi :

— Mange.

— J'ai pas faim, que je marmonne pour lui tenir tête.

— Tu pues l'alcool, Ganaëlle. Pas question de rentrer avant que tu aies désenivré complètement. Pour ça, il faut manger et surtout, attendre.

— Mais papa…

— Tu manges. Moi, j'attends.

Le ton est autoritaire, sans réplique.

— Je n'ai pas faim.

J'ai retrouvé ma voix douce de petite fille, mais cette voix mélodieuse qui éloignait autrefois les réprimandes et faisait que mon père me pardonnait tout, ne fait, ce soir, que durcir le regard de l'homme qui boit un café fumant.

Ce n'est plus le même père. Mon père à moi, je l'ai définitivement perdu. Celui qui est devant moi, je ne le connais pas. Voie sans issue. Je m'incline. Pas le choix.

Dès que j'entame la première pointe de pizza, la faim s'impose. Il est presque vingt-deux heures. La marche dans le froid, les émotions de la fête, la danse, puis la peur à chacun des pas qui résonnaient sur le trottoir m'ont creusé l'estomac. Malgré tout ce que j'ai grignoté pendant la soirée, je dévore...

Papa m'observe toujours. En silence. Puis, il se lève, se rend de nouveau au comptoir et en revient avec un second café. J'attends le coup de grâce.

Il raconte...

Quand Zac a aperçu mon sac à dos près de la porte, papa a été étonné et le doute s'est installé en lui. Lorsqu'il m'a surprise au feu de circulation, dans une direction opposée à la bibliothèque, il a compris que son intuition ne l'avait pas trompé.

Après notre rencontre, il est revenu sur ses pas. Il m'a suivie, à bonne distance, jusque chez Arlette. En retrait, il m'a attendue.

— Maman sait ?

— Bien sûr, qu'il dit en retirant son cellulaire d'une des poches de sa canadienne.

Le hall d'entrée de l'immeuble d'appartements presque en face de chez Arlette lui a servi de poste de garde. Il s'y tenait au chaud entre deux promenades dans le froid, pour demeurer calme.

— C'est ce qui m'a permis de ne pas faire d'esclandre au milieu de la fête.

Il a fait le guet pendant deux heures et demie, mon père. Tout vu et entendu beaucoup… trop. Les gars et les filles qui fumaient sur le balcon, buvaient goulûment leur bière (son expression), nos ricanements bêtes, nos cris sauvages, la musique criarde (son choix d'adjectifs).

— Les parents étaient absents, je suppose ?

Je baisse la tête en guise de réponse.

— Évidemment ! Des jeunes sans surveillance, ça s'emballe. Ça perd la boussole.

Je tente de me défendre, mais je suis super maladroite :

— Je te jure, papa, je ne me rappelais pas que les parents d'Arlette étaient absents. Et je ne savais pas qu'il y aurait de l'alcool et… d'autre chose.

Il ne me croit pas. J'insiste. Il s'enferme dans un mutisme bougon.

En désespoir de cause, je me permets de lui dire que je suis à un an de pouvoir prendre de l'alcool très légalement. Il me dément. En Ontario, c'est dix-neuf ans. Et mon argument que la marijuana est maintenant légale ne l'émeut pas davantage. Là aussi, il y a un âge et ce n'est pas dix-sept ans !

Intervention complètement ratée. Papa reste de glace.

L'éternité s'installe. Je me tais. J'ai perdu. Sur toute la ligne.

Soudain, il murmure d'une voix si triste que j'en suis chavirée :

— Je ne peux plus te faire confiance, Ganaëlle.

Je m'affole.

— Pourquoi ?

— Devine.

Je regrette ma question irréfléchie et imbécile.

— Qu'est-ce que je peux faire ?

Son regard se mouille. Je m'en veux terriblement.

— Je vais changer, papa.

— Ça ne changera pas ce que je ressens maintenant.

— Qu'est-ce que tu ressens ?

— Un deuil. Je me sens en deuil de confiance.

— Je ne comprends pas.

— La confiance qui lie deux êtres, Ganaëlle, c'est ce qu'il y a de plus précieux. C'est une plante qui prend beaucoup de temps à fleurir. Chaque fois qu'on l'arrose du vinaigre du mensonge, elle s'acidule. De tromperie en tricherie, l'équilibre du sol se rompt. Même les grandes pluies bienfaisantes ne suffisent pas à éviter la brûlure de l'acide.

Je suis abasourdie, dévastée. Je ne voulais pas ça. Je ne voulais que m'amuser un peu, moi. Juste me sentir comme les jeunes de mon âge.

— Je ne mentirai plus. Juré.

Il ne semble pas ému le moindrement par ma promesse. Il replonge dans ses pensées. Longtemps. Enfin, il revient à la surface :

— Il faudra du temps, Ganaëlle, pour m'en convaincre. Beaucoup de temps pour que ma confiance retrouve la santé.

Je pleure à mon tour. À chaudes larmes. Il me tend une serviette de table. Je pousse mes tresses vers mon visage pour me cacher des regards de deux clients qui s'apprêtent à quitter le restaurant et me fixent ironiquement.

Et j'insiste :

– Qu'est-ce que je peux faire pour retrouver ta confiance ?

– J'ai besoin de vraies preuves de ta sincérité… et de beaucoup de temps.

Un employé termine le nettoyage des tables et commence à laver le plancher.

Il est minuit.

– Partons, ordonne mon père.

Dans la rue, le vent fait rage. Des linceuls de neige embrouillent la nuit de leurs lueurs glacées. J'ai froid jusqu'au cœur.

10

Mon bulletin est un désastre. Mes notes ont chuté même dans les matières où je réussis d'ordinaire très bien. Rien pour réchauffer la relation avec mes parents.

Depuis mon anniversaire, c'est *full* tendu à la maison. Surtout avec maman. Une tension qui finira par un court-circuit. Elle ne me parle plus, elle ne fait que me donner des ordres : « Balaie », « Va faire la lessive ». Elle abuse aussi des « Fille indigne », des « Mauvais sujet ». Ça arrive comme une gifle à la fin de chacune de ses phrases. Ce qui me fait mal encore plus, c'est de voir Zacharie s'amuser de ces humiliations.

Avec papa, le froid persiste. Il me tient à distance, une distance qui me paraît infranchissable. Après presque cinq semaines, il la maintient encore cette distance. Je sens parfois qu'il est chagriné de tout ça. Il m'a défendu de voir les copains et les copines de l'école en dehors des heures de classe. Il a aussi insisté auprès de maman pour que je sois seule dans ma chambre.

Quand Marie-Neige est née, elle a d'abord dormi avec mes parents. Moi, j'avais la chambre moyenne et Zacharie la plus petite. L'été suivant, j'ai hérité de ma petite sœur, et c'était comme ça depuis.

Le samedi suivant mes dix-sept ans, j'ai reçu l'ordre de transférer mes vêtements et mes livres dans la chambre de Zacharie et, lui, a pris la mienne avec, en prime, Marie-Neige. Maman m'a fait comprendre qu'ainsi je ne contaminerai pas la petite...

Ma nouvelle chambre est une cellule. Minuscule. Juste assez de place pour un lit étroit, une commode en hauteur et une table pour mes livres et mes cahiers. Contrairement à ce que j'appréhendais, je m'y sens bien. Je ne le dis pas, je risquerais de perdre ce petit coin tout à moi.

Je ne crois pas que les dangers de contamination de Marie-Neige soient ce qui a décidé papa à m'imposer ce déménagement. Je pense qu'il a compris que j'avais grandi et que j'avais besoin d'intimité. Je pense que c'est la vraie raison, parce que le même jour il m'a fait cadeau d'un téléphone cellulaire. Officiellement, pour me surveiller. Je dois me rapporter à lui à des moments précis. Et il doit pouvoir me joindre en tout temps. Il m'a demandé mon horaire scolaire et il me donne un coup de fil entre deux cours, ou à l'heure du lunch, ou encore durant une de mes périodes libres. Jamais au même moment, mais les questions sont toujours les mêmes : « Où es-tu ? Que fais-tu ? Avec qui ? »

J'ai su qu'il s'informe aussi de ma conduite à l'école, chaque semaine. Je l'ai appris par une des secrétaires qui m'a confié, sans savoir le fond de l'histoire :

– Tu as une bonne famille, toi. Il y a peu de pères qui se préoccupent autant que le tien de la conduite de leur fille.

You bet !

Ce soir, il est à l'école, mon père. Il rencontre mes profs.

Zacharie et Marie-Neige font peut-être de beaux rêves, mais moi je crains que de froide ma relation avec papa devienne super polaire.

Il est tard. La rencontre devrait être terminée. L'école est à deux rues, mais papa n'est pas encore revenu. Dans mon coqueron, je m'énerve… j'angoisse.

J'entends maman qui monte se coucher. Peut-être qu'elle se sent bien seule elle aussi, ce soir. Ce soir comme tous les soirs, dans ce lointain pays qui grelotte de froid. Elle est sans famille ici. Elle n'a personne à qui parler vraiment. Cela fait longtemps qu'elle n'a plus de mère. Ses sœurs vivent sur un autre continent. Peut-être ne dit-elle pas tout à ses amies de la terrasse. Peut-être qu'elle garde pour elle la honte qu'elle ressent à cause de moi. Sa vie est devenue si différente depuis que nous sommes ici. Et, peut-être que papa, qui n'est plus le même père pour moi, n'est plus tout à fait le même homme pour elle.

Terrible tout ça.

Maman avait si hâte de retrouver papa. Si hâte que notre famille soit enfin réunie. Et elle s'est formidablement bien débrouillée là-bas après le départ de mon père.

Un départ irréel…

11

C'était la veille de Noël.

J'ai entendu la sonnerie du téléphone… puis des chuchotements et l'affolement. Après, tout s'éloigne dans ma mémoire. J'avais dû replonger dans le sommeil.

Je me souviens ensuite de papa qui m'éveille. Il est penché vers moi. Il m'embrasse en mouillant mon visage de ses larmes. Maman sanglote.

– Je dois partir. Vous fêterez sans moi. On se reverra bientôt. Promis.

Je me lève pour le retenir. Il me prie de retourner au lit. Les lumières sont toutes éteintes dans la maison. Des pas glissent jusqu'à la porte.

Ensuite… plus rien.

C'est plus tard que j'ai compris. L'appel reçu l'informait de son arrestation imminente. Je n'ai jamais su de qui était venu cet avertissement. Un collègue de mon père ? Quelqu'un du gouvernement qui avait appris ce qui attendait papa ? Fuir dans la nuit de Noël était la seule façon de faire en sorte que son départ passe inaperçu pendant quelques jours. Le temps pour lui de gagner la frontière vers un pays sûr.

Le lendemain, grand-mère, oncle Hubert et sa famille, les sœurs de maman, tout le monde est venu fêter chez nous comme si de rien n'était. Ce fut le pire Noël de ma vie. Pire que celui de cette année, après la mort de grand-mère.

Dans les jours qui ont suivi, ce furent la visite des policiers et l'interrogatoire de maman.

La peur rôdait.

Nous avons été sans nouvelles de papa pendant cinq longues semaines. Ce n'est qu'une fois en sécurité, chez ses amis à Grenoble, qu'il nous a envoyé une lettre, supposément d'eux à mon père, où il était question de souhaits amicaux pour la nouvelle année.

Il fallait qu'elle soit forte maman pour nous faire tous croire qu'elle n'avait pas peur et qu'elle pouvait nous faire vivre. Elle a dû réduire le train de vie de la maison, renvoyer les employées domestiques, demander à une lointaine cousine de s'occuper de Zacharie qui avait seize mois. Ses soirées, maman les passait à nettoyer la maison et à préparer les repas du lendemain. Notre vie n'était plus du tout la même. Tout avait basculé.

Au début, les voisines la plaignaient, lui venaient en aide au besoin. Mais avec les mois qui s'écoulaient, elles ont commencé à lancer de petites phrases équivoques, du genre qui laissent un doute dans la tête : « Il ne t'envoie pas d'argent ? C'est bizarre. » Ou encore : « Tu sais, les hommes ils sont comme ça. Ils partent et on ne les revoit plus. » Ou pire : « Il vous a oubliés. C'est sûr. Ça arrive tout le temps. »

Grand-mère tentait de la rassurer. « Je connais mon fils, Désirée, ne crains rien. C'est un honnête homme, c'est un époux responsable et un bon père », qu'elle lui répétait.

Mais le doute s'infiltrait dans son cœur.

Elle pleurait souvent. Je restais loin d'elle, parce que je ne savais quoi dire pour la consoler. À dix ou onze ans, on est bien malhabile quand on se glisse dans la cour des grandes personnes. J'aurais pu peut-être lui faire des câlins. Mais j'avais ma propre souffrance et je manquais déjà de courage.

Plus tard, quand papa – qui était arrivé au Canada – a pu s'acheter un cellulaire et qu'il a commencé à nous téléphoner chaque mois, elle a retrouvé le sourire et un tout petit espoir s'est mis à luire dans la maison.

De l'autre côté des océans, l'exil n'était pas du tout facile pour papa. Se faire accepter comme réfugié, ce n'est pas simple du tout. Heureusement pour lui, il était un journaliste très connu, son travail était très public. Sa notoriété l'a aidé à prouver, ici, la vérité de sa situation, car les journaux parlaient de lui et de ce qui l'attendrait s'il était repris. Il pensait aussi à nous : quelques amis lui restaient fidèles et nous protégeaient discrètement en coulisses, mais cela ne durerait pas toujours. Il devait au plus vite entamer les démarches pour nous faire quitter le pays.

Les mots qu'il a utilisés pour me décrire cette première année d'exil ? Décourageant, frustrant, humiliant. Pas question de faire le difficile quand on est immigrant. L'expérience passée ne peut que rarement servir dans un nouveau pays. Comme bien des réfugiés, il a pris ce qu'il a pu trouver comme gagne-pain : gardien de nuit, livreur de pizza, surveillant dans un musée, aide-concierge dans une école. Des emplois de remplacement qui duraient quelques semaines, au mieux quelques mois.

Toujours recommencer à zéro, c'est dur, et ça atteint vite le moral le plus solide.

Le temps s'étirait, ses pas ne le menaient nulle part. Il partageait un appartement avec trois autres immigrants qui n'avaient rien en commun entre eux, sauf d'être arrivés à Ottawa à peu près à la même période. Certaines personnes l'ont beaucoup aidé, et il ne les oubliera jamais. Mais il a aussi connu l'abus de gens d'ici qui exploitent ceux qui connaissent encore mal les lois du pays où ils viennent de débarquer, et l'abus d'immigrants qui piègent d'autres immigrants. Les humains sont les mêmes d'où qu'ils viennent et où qu'ils vivent. « Il y a du meilleur et du pire partout », répète souvent papa.

Notre séparation a duré près de cinq ans.

Le temps pour papa de trouver un emploi plus stable, un contrat pour enseigner le français à des fonctionnaires unilingues anglais dans une des nombreuses écoles de langues d'Ottawa, le temps pour moi de devenir une adolescente, pour Zacharie d'entrer à l'école et pour maman de devenir super méfiante.

12

Ce fut un interminable voyage. Deux avions. Trente heures de vol !

C'était notre baptême de l'air à tous les trois. Et rien ne semblait vouloir nous permettre d'en garder un bon souvenir. Le vol de l'Afrique vers l'Europe avait pris beaucoup de retard. Notre temps d'escale s'était dangereusement amenuisé. Maman avait peur de rater l'avion pour le Canada. Elle n'avait pas tort de le craindre : il nous a fallu courir dans l'immense aéroport de Heathrow, pour arriver à temps à la porte d'embarquement. Maman qui ne comprenait rien de ce qui se disait dans les micros de l'avion s'inquiétait de tout. Elle n'avait pas fermé l'œil depuis deux jours, et nous n'avions pas eu le temps de manger entre les deux vols. Rien pour calmer Zacharie qui s'agitait et refusait de rester assis. Moi, j'essayais de dormir, mais je n'y arrivais pas. J'étais trop excitée à la pensée de retrouver papa, ou à imaginer que je ne le reverrais plus et que ce voyage ne finirait jamais.

C'était la fin de novembre. Une soirée sans neige, glaciale. Pour manteaux, nous n'avions que des imperméables. Papa avait eu beau expliquer à maman ce que veut dire le mot FROID au Canada, elle n'avait pas saisi l'effet sur le corps d'une température de moins vingt degrés Celsius. Un grand froid pour elle, c'était quand l'eau figeait en surface. Elle n'arrivait pas à croire qu'un thermomètre puisse descendre plus bas !

Ma première impression en sortant de l'aéroport ? Le froid canadien est liquide. Il se répand et envahit tout. Jusqu'au dedans du corps.

Un lieu « en attendant » avait été trouvé par une agence d'accueil. En attendant, quoi ? C'était très vague. Papa n'était pas plus clair dans ses explications. Il cherchait à nous rassurer, mais il ne l'était pas lui-même.

Je me souviendrai toujours du motel où le taxi nous a déposés. Un bâtiment bas et décrépi. Deux chambres, pas même communicantes. Il fallait braver le froid, le vent et bientôt la neige chaque fois que nous voulions être ensemble. Je dormais avec Zacharie qui avait six ans et qui pleurait tout le temps. D'épuisement, de peur aussi. Il ne comprenait rien de ce qui se passait. Il ne reconnaissait pas l'homme qui nous avait accueillis avec un gros bouquet de fleurs, aux abords de la nuit, dans un aéroport presque vide. Il était si jeune quand papa avait dû fuir.

Nous avons tenté d'organiser notre vie dans les deux pièces qui nous étaient réservées. Pas facile. Papa enseignait cinq heures par jour. Maman, Zacharie et moi restions seuls. Comme nous n'avions pas d'argent pour aller au restaurant, et encore moins pour nous procurer des vêtements assez chauds pour nous y rendre, papa avait pris des arrangements avec un compatriote. Il se rendait chez cet ami pour préparer le repas de notre famille. Il revenait en autobus et nous faisions réchauffer les aliments au four micro-ondes de la chambre de mes parents.

Les jours s'écoulaient très, très lentement. Tous semblables. Nous n'avions aucune famille ici pour nous accueillir. Les compatriotes qui tentaient de veiller sur nous faisaient ce qu'ils pouvaient, mais leur propre vie n'était pas simple non plus. L'aide promise par l'agence se faisait attendre. Papa et maman devaient se présenter à toutes sortes d'endroits pour tenter d'obtenir les services essentiels. Un ancien colocataire de papa avait une auto, mais elle n'était pas assez grande pour nous prendre tous. Les lois d'ici sont très strictes concernant le nombre de personnes dans une auto, les sièges spéciaux pour les enfants, les ceintures de sécurité… Mes parents utilisaient les transports en commun pour aller à l'agence d'accueil, prendre ou remplir des documents, faire les démarches nécessaires pour trouver un médecin de famille. Et ils le faisaient seuls. Nous les accompagnions seulement pour les visites médicales obligatoires. Ils devaient faire vite, car le congé de Noël qui arrivait bientôt ralenti-rait encore notre installation. Je restais dans la chambre surchauffée du motel avec Zacharie, à regarder tomber la neige, ou à regarder des chaînes de télévision en anglais, une langue que nous ne comprenions ni l'un ni l'autre.

Une dizaine de jours après notre arrivée, les collègues de papa à l'école de langues nous ont apporté de vrais vêtements d'hiver. Nous avons pu sortir dans le froid et commencer à l'apprivoiser.

C'était *full* énervant !

Dans le stationnement enneigé, obsédée par les plaques de glace, je ne regardais que mes pieds. Sur les trottoirs, je n'étais pas plus rassurée. Zacharie, lui, était insouciant et il a vite pris plaisir à me lancer de la neige. En regardant des enfants jouer dans un parc, j'ai appris comment rouler des boules de neige pour faire un bonhomme. Zacharie tentait de m'aider. Ce n'était pas toujours un succès. Notre premier bonhomme avait la tête plus grosse que le corps et a vite basculé. Le second penchait sur le côté. Au troisième, on a commencé à se croire Canadiens.

Un matin, j'ai décidé d'aller avec Zacharie fureter dans les environs. Maman ne voulait pas venir avec nous. Elle paniquait juste à l'idée que quelqu'un s'adresse à elle en anglais. Moi, je ne comprenais pas grand-chose, mais je commençais à deviner. J'ai découvert, à quatre rues du motel, quelques magasins et une épicerie où une des employées parlait français. Le lendemain, j'ai forcé maman à venir avec nous et à entrer. On a pu acheter des fruits, du pain et des aliments surgelés. Ça a soulagé un peu la tâche de papa. Maman craignait de goûter certains mets, pestait à l'ouverture des emballages. J'ai dû aller acheter des ciseaux... Zac et moi avons pris l'habitude de sortir chaque jour acheter de quoi dîner. Ça permettait de passer le temps qui s'étirait de semaine en semaine.

Nous étions partis de là-bas avec trois grosses valises. Nous amenions avec nous notre vie africaine. Nous avions des vêtements bien sûr, mais aussi des objets qui nous tenaient à cœur, des photos, des lettres. Toutes ces choses qui rappellent les étapes d'une vie, même la plus courte.

Une seule valise est parvenue au Canada. Malgré les demandes répétées, les réclamations envoyées, aucune des deux valises égarées ne fut retrouvée. Zacharie a vite oublié ses jouets et, moi, mes livres. Mais pour maman, ce fut autre chose. Les photos de ses parents, de ses sœurs et de leurs enfants, de son mariage, de notre naissance à Zac et moi, elle a tout perdu. C'était la déchirure nette entre ici et là-bas. Et la compagnie aérienne a cru se racheter en remettant à maman un chèque de 200 $. Maman a pleuré pendant trois jours en répétant : « Ma vie ne valait donc que ça ? »

Cette année-là, ce fut tout un Noël ! Ici, les gens sont très, très généreux à cette occasion. Nous avons été super gâtés. On a reçu des tas de choses à manger, des jouets pour Zac, des livres pour moi, des serviettes et des draps, des casseroles et de la vaisselle. Nous ne savions plus où ranger tous ces cadeaux dans nos deux petites chambres de motel !

Une étudiante de français de papa nous a offert des patins à Zacharie et à moi. Pour faire de nous de vrais Canadiens, qu'elle a dit. Ils n'étaient pas neufs les patins, mais bien aiguisés. Durant son congé, papa nous a amenés sur le canal. C'est impressionnant ce canal qui ne finit plus de s'allonger entre une ligne droite et une courbe. Zacharie a vite compris comment se laisser glisser sur la glace. Il tombait, mais de moins haut que moi. Moi, j'avais honte à côté de ces petits enfants qui patinaient avec aisance ; je me sentais trop grande pour apprendre. L'amour-propre me rendait toute raide. Ce qui n'arrangeait rien. C'est dur de commencer à patiner quand on est aussi grande qu'une adulte. Il n'y avait pas que la peur de tomber, de déchirer mon manteau ; je craignais surtout d'être la risée des gens autour de moi, de ceux et celles qui glissaient avec tant de grâce et de facilité. Un après-midi, alors que papa courait pour rattraper Zac qui s'était aventuré un peu loin, j'ai décidé de me faire confiance. Et cela m'a réussi. Pas longtemps, je dois dire. Je ne savais pas comment m'arrêter et j'ai foncé sur deux patineurs. Ils m'ont aidée à me relever. Ils ne m'ont rien reproché, ils n'ont fait aucune blague sur ma mauvaise performance. Ils m'ont même encouragée à poursuivre mes essais. Je n'ai pas tout compris, car ça se passait en anglais. Mais il y a des choses qu'on saisit avant de les comprendre. Surtout quand les gens sourient et se montrent bienveillants.

Mais pour moi, le plus beau cadeau de ce Noël, c'était d'être enfin réunie à papa, après avoir été loin de lui pendant presque CINQ longues, trop longues années.

Je ne fréquentais toujours pas l'école. Zacharie non plus. Pour s'inscrire, il faut avoir une adresse. Et nous n'en avions pas. Nous étions toujours en attente d'une place où poser la seule valise qui nous restait… et reconstruire notre vie.

Je n'avais pas perdu mon temps durant cette parenthèse. J'avais appris à m'habiller chaudement en hiver, à marcher sur les plaques de glace sans m'affoler, à prendre les transports publics, à ne pas paniquer quand je ne comprenais pas ce qu'on me disait, à formuler une phrase parfaite en anglais pour expliquer que je ne parlais pas anglais, à faire des bonhommes de neige et à patiner… pardon, à me tenir debout sur des patins, à avancer avec un peu moins de raideur et à m'arrêter sans avoir besoin d'un mur ou de l'aide d'autres patineurs.

On nous annonçait notre installation dans un logement social pour la semaine suivante... chaque semaine. C'était la faute du congé de Noël qui ferme les bureaux, de la Nouvelle Année qui bouscule les horaires, du verglas, d'une employée en congé de maternité, des peintres qui avaient été retardés dans leur travail...

J'avais très hâte de retrouver l'endroit où j'avais toujours excellé : l'école.

Là, je saurais montrer qui je suis. Mais il fallait d'abord avoir un lieu de résidence.

13

L'attente a duré trois mois.

Notre nouveau chez nous était une énorme amélioration sur les chambres de motel. C'était une petite maison étroite, flanquée au milieu d'une rangée d'autres maisons toutes identiques. Chacune avec sa courette clôturée derrière et un accès à une terrasse commune devant.

En cette fin de février, tout était recouvert de neige et de glace.

L'intérieur avait été repeint et des tapis neufs rendaient les planchers plus chauds. Malgré les nombreux cadeaux reçus, il nous manquait encore beaucoup de choses pour notre maison. À commencer par une pelle et du sel à déglacer. Il fallait nous informer de l'endroit où trouver toutes ces choses dont nous avions besoin et, souvent, attendre d'avoir l'argent pour les acheter.

Où vend-on ceci ? Où trouve-t-on cela ? Quels magasins offrent les meilleurs prix ? Il faut apprendre vite quand on « débarque » et savoir s'organiser avec débrouillardise. Comme tant d'autres avant nous, nous avons dû nous initier à la vie très concrète d'ici. Les bonnes adresses, c'est le plus souvent d'autres immigrants qui nous les indiquent. Ils sont passés par là !

Après nous être procurés des lits, une table et des chaises, il nous fallait absolument voir à nous inscrire aux écoles, Zac et moi…

Au retour au travail après les Fêtes, papa avait décroché du temps complet. C'était bienvenu. Toutefois, il lui était maintenant difficile de rencontrer les directions avant l'heure de fermeture des écoles. De son côté, maman tardait à faire nos inscriptions. Elle se disait intimidée, se sentait fatiguée, n'avait pas le temps avec l'installation ou promettait de le faire le lendemain et changeait d'idée à la dernière minute.

Papa a dû faire lui-même les démarches. Pour arriver à temps à ces rencontres aux écoles, il a dû tricher sur ses heures de travail. Ça n'a pas tardé : ce qui devait arriver arriva. Une réprimande de son patron est venue, puis une seconde…

Papa a failli perdre son emploi pour nous inscrire à l'école.

On a ressenti quelques secousses sismiques à la maison !

L'école secondaire où je me suis retrouvée – et que je fréquente encore – est un édifice lumineux et accueillant. J'y ai été reçue avec toute la gentillesse du monde. J'ai remarqué, dès mes premiers pas dans le couloir, que je n'étais pas la seule immigrante à fréquenter cette école. Je me suis sentie rassurée ! On me regardait sans distance, sans mépris, sans curiosité embarrassante. Simplement comme on regarde la nouvelle élève, celle qu'on ne connaît pas.

Dans la salle de classe, le directeur m'a présentée à l'enseignante et m'a souhaité bonne journée.

Ce qui m'a complètement étonnée et désorientée, ce sont l'accent et l'intonation du français d'ici. La première semaine, j'ai cru entendre une autre langue. Sans compter que les expressions utilisées diffèrent beaucoup de celles auxquelles j'étais habituée là-bas. J'étais soudain perdue. Et j'avoue, au bord de la panique.

La manière d'enseigner aussi est différente. Là-bas, les cours étaient stricts. Les exercices écrits omniprésents, chacun assis à son pupitre. Le silence, partout absolu. L'expression orale et les jeux d'impro ? Jamais entendu parler de ça. Là-bas, c'était les dictées, la grammaire rigide. J'aimais cette manière d'apprendre. Beaucoup même. J'en redemandais. J'y étais habituée. Cela avait toujours été comme ça pour moi. Au centre culturel de la ville où nous habitions, je passais des heures à la bibliothèque et j'étais très en avance sur le programme officiel de lecture.

Cette expérience exigeante a fait qu'en grammaire et en syntaxe, je me suis très bien débrouillée. Je me souvenais parfaitement des règles que l'institutrice de ma nouvelle classe passait en revue le jour de mon arrivée. Mon malaise de « petite nouvelle » n'a pas trop paru.

En moins de deux semaines, je me suis faite à la mélodie de la langue d'ici et j'ai appris à demander qu'on m'explique un mot ou une expression, au lieu de m'énerver. Les expressions d'ici, je les trouve très imagées et elles me plaisent tant que je les collectionne dans un carnet.

Une fille est venue vers moi à la récréation.
Elle s'appelait Rosemarie. Elle était née à Ottawa,
de parents africains, et elle m'offrait son aide.
Nous sommes devenues copines presque tout de
suite. Ça fait une grosse différence de connaître
quelqu'un avec qui on se sent bien. Puis, peu à
peu, j'ai aussi connu Arlette, Jennifer, Émilie,
Carlos, Olivier et tous les autres.

En mathématiques aussi, j'ai pu montrer mon
savoir. Les chiffres et les lois mathématiques sont
les mêmes partout. Et savoir raisonner avec des
chiffres et des nombres, c'est universel. Alors je
me suis appuyée sur ces deux piliers : le français
et les maths.

Pour toutes les autres matières au programme,
c'était la catastrophe. En histoire, en géographie, en sciences, j'ignorais tout ou presque. Le
programme d'études était tout autre là-bas. On
n'apprend pas exactement les mêmes choses
au même âge ni au même niveau scolaire dans
tous les pays du monde. J'étais plus avancée en
grammaire et en mathématiques, d'accord… mais
complètement dans le champ, comme on dit ici,
pour les autres sujets. Moi, qui avais toujours été
à la tête de la classe, j'en ai pris pour mon rhume.
Tout à coup, je n'étais plus rien. Plus personne.
Rien qu'une immigrante de plus dans une école
dont les élèves étaient originaires de quarante-
huit pays différents.

14

Le printemps était venu. J'avais commencé à découvrir un autre Ottawa, celui qui se cachait depuis quatre mois sous la neige. Le temps se faisait doux. Des ruisselets coulaient dans les rues. Nos imperméables achetés avant le départ de là-bas étaient enfin utiles.

De la mi-février aux examens de juin de cette première année au Canada, j'ai couru pour rattraper mes retards scolaires. En pleurant. En rageant. Durant la semaine et durant les fins de semaine. Avec Rosemarie en histoire et géographie, avec ma prof de sciences après la classe. Finalement, en révisant tout un été, j'ai réussi à me mettre à niveau. J'étais très fière de moi.

Mais, à la maison, rien n'allait plus.

Papa était devenu très anxieux et il avait commencé à souffrir de maux de tête. Je pouvais deviner leur violence juste à regarder ses yeux. Maman, elle, s'affolait constamment ; c'était à cause du prix des vêtements pour l'école, des souliers pour le gym, des cahiers d'exercices, des sacs à dos et de toutes ces choses qu'il faut bien avoir pour les cours. Papa a dû emprunter de l'argent pour acheter un ordinateur car, au secondaire, j'en avais besoin pour mes travaux. Il a fallu s'abonner à Internet, car je devais pouvoir faire des recherches, et l'école de Zac et la mienne devaient pouvoir communiquer avec nos parents.

Avoir au moins un ordi par famille, ici, c'est normal. Mais quand il faut s'acheter des lits, des chaises et une table, des casseroles, des cuillers et des fourchettes, l'ordi devient une bien grosse dépense. Notre vie devenait très compliquée.

Papa continuait à s'occuper et à se préoccuper de nous. Mais avec plus de lenteur. Il portait un fardeau, c'était évident. Un jour que je le suivais dans la rue, j'ai vu qu'il courbait les épaules. Je le devinais abattu.

Maman, elle, semblait avoir complètement démissionné de nous. Elle qui, là-bas, avait toujours quelque chose à raconter, gardait le silence de longs moments pendant les repas. D'un coup, elle se mettait à crier après nous comme si nous avions fait des bêtises. Les migraines de papa se sont encore aggravées, il a dû consulter un médecin. Puis, maman s'est mise à vomir. Chaque matin…

En mai de ce premier printemps canadien, j'ai appris que nous serions bientôt cinq à la maison : ma mère attendait un enfant.

C'est à cette époque-là que j'ai commencé à faire un cauchemar. Presque chaque nuit. Toujours le même, ou presque. Seule avec Zacharie, responsable de lui, je marchais dans les rues d'une ville blanche et glacée, au milieu de passants sans visage, perdue. Je m'éveillais en sueur et en pleurant.

Ce cauchemar, je le refais encore, parfois.

Maintenant, je porte en plus Marie-Neige dans mes bras.

15

J'avais succombé au sommeil quand papa est rentré de la soirée parents-maîtres. De toute façon, j'aurais fait semblant de dormir s'il était venu frapper à ma porte.

Je m'attendais à tout. Quand on dit « à tout », ça veut dire qu'on s'attend au pire. Mais rien n'est arrivé de ce que je craignais.

Le lendemain, j'ai pris tout mon temps pour descendre de ma chambre. J'ai pris tant de temps que maman était déjà sortie mener Marie-Neige chez sa gardienne. Il n'y avait que papa et Zacharie à table.

Devant ma tasse de chocolat chaud, j'attendais une semonce, ou pire, le *silent treatment*. Ce fut ni l'un ni l'autre.

Papa m'a simplement dit d'une voix neutre :

— Samedi matin, je t'invite à déjeuner au restaurant.

Je l'ai fait répéter, car je croyais avoir mal entendu.

Zacharie s'est offusqué :

— Quand elle fait la méchante, pour elle, c'est le restaurant et pour moi, c'est la punition.

– Zac, habille-toi vite, nous partirons ensemble ce matin, s'est contenté de répondre papa, comme s'il n'avait pas entendu le reproche de son fils.

Mon frère a mis son assiette dans l'évier, avec bruit, et il est monté se brosser les dents. Papa semblait de fort belle humeur. Il a parlé des jours qui rallongent, du printemps qui sera bientôt là. Comme les gens d'ici qui causent sans cesse du temps qu'il fait, qu'il fera et qu'il devrait faire. Je me contentai d'acquiescer, de peur de provoquer un orage. J'ai fini mon morceau de pain, bu mon chocolat en vitesse et succédé à Zac dans la salle de bain.

Les trois jours suivants ont été terribles. Cette bonne humeur, ces conversations neutres au lieu d'une réprimande… je me méfiais. Puis, j'ai compris l'intention de papa : il me faisait mijoter.

C'est samedi.

Il n'est pas encore huit heures. Maman, Marie-Neige et Zac sont encore au lit. Papa et moi sommes prêts à sortir. Il a neigé toute la nuit. La couche est épaisse sur la terrasse. Heureusement, mes bottes sont chaudes et j'ai de longues jambes. Papa a sorti la pelle et tracé un sentier, car le trottoir a disparu sous la couette blanche. Il faut marcher au milieu de la rue puisque le chasse-neige n'est passé que sur les artères achalandées et que le vent fait virevolter la neige.

Papa remonte le capuchon de sa canadienne. Moi, j'enfonce ma tuque jusqu'aux yeux. Les trottoirs de la rue Rideau ont été déblayés, eux. Nous pouvons marcher avec plus de régularité. Et côte à côte.

– On va où, papa ?

– Tu verras.

– C'est loin ?

– De quoi te creuser un peu l'appétit.

Super dialogue père-fille ! Très prometteur de ce qui s'en vient !

Nous avançons en silence. Face au vent qui gifle. Je relève le col de mon manteau, remonte le foulard de laine enroulé à mon cou pour couvrir mes joues. J'appréhende de plus en plus la conversation qui doit avoir lieu. Ce qui m'énerve le plus, c'est de n'avoir pas un seul indice. Aucune idée de ce que mes profs ont pu raconter à papa. Avec mes mauvaises notes, j'ai sans doute perdu tout le crédit que j'avais regagné depuis un mois face à lui. Toutes sortes de scénarios s'agitent dans ma tête...

Ça doit faire partie de la recette de « mijotage »...

Marcher me réchauffe un peu.

Après un quart d'heure dans le froid humide, papa pointe une porte, qu'il pousse. Nous pénétrons dans un resto tout en longueur. Rien que des banquettes. Des petites boîtes protégées les unes des autres. Des cages à conversations. Ou à engueulades.

Le menu ne comprend que des déjeuners.

– Tu choisis ce que tu veux, chuchote papa devant les points d'interrogation qui dansent dans mes yeux.

Je deviens vraiment méfiante.

– Papa, qu'est-ce qu'on t'a raconté sur moi à l'école ?

Papa referme son menu sans me répondre.

Aussitôt, une fille à peine plus âgée que moi surgit. Elle prend note de nos commandes et disparaît.

Je reviens à la charge.

— Parle, papa. J'en peux plus… *Shoot.*

— Ganaëlle, tu le sais, j'ai en horreur ce tressage insolite entre le français et l'anglais. Parle une seule langue à la fois, s'il te plaît. Et avec moi, c'est le français.

Je viens de faire reculer la conversation. Je m'en veux. Je me trouve bête. Maman a peut-être raison quand elle me traite d'hystérique !

Le silence gonfle l'espace.

Papa prend son cellulaire, vérifie ses messages, puis texte quelque chose, à je ne sais qui… Le temps s'éternise. Si seulement je pouvais, d'un coup, tout gommer des derniers mois : mes cris, mes révoltes, mes peurs, mes sottises d'ado qui a perdu son GPS intérieur.

La serveuse revient et dépose une immense assiette devant moi, puis une toute aussi fournie devant papa. C'est rempli d'œufs, de crêpes, de fruits. J'ai faim, mais pas à ce point.

Je l'avoue, ce n'est pas le repas qui m'importe :

— Papa…

— Mange, Ganaëlle.

Le ton est ferme.

J'éclate d'une voix forte : celle de maman quand elle me crache des ordres.

Mon père réplique de sa voix autoritaire.

— Reste calme, ma fille.

Je me hais quand je perds, comme ça, le contrôle de mes émotions. Je voudrais tant être *cool* et patiente. Mais ça brûle en moi. Le temps du « mijotage » est dépassé : ce sont maintenant les gros bouillons et, si ça continue, le ragoût va coller au fond de la marmite.

— Je suis à bout, papa. Fais comme maman, dis-moi que je suis une mauvaise fille, une enfant indigne. Mais dis quelque chose.

Je pleure. Je ne peux plus m'arrêter de dire tout ce que j'ai sur le cœur :

— Tu n'as plus confiance en moi. Je le vois bien. Pourtant, j'ai vraiment fait des efforts ces dernières semaines. Je n'ai pas su regagner ta confiance : tu ne me parles plus. Tu ne me regardes même plus.

Papa s'est arrêté de mastiquer. Il me fixe, le regard humide. Nous sommes face à face, immobiles. J'attends le verdict.

— Je crois qu'il est grand temps que nous ayons, toi et moi, une conversation d'adultes.

Il dépose sa fourchette dans l'assiette et commence :

— Tout d'abord, j'aimerais que tu me promettes que ce que je vais te dire demeure entre nous.

Cette entrée en matière n'a rien pour me rassurer.

Papa poursuit :

— Ganaëlle, parlons franc. Nous avons de graves problèmes d'argent à la maison. J'ai eu beaucoup de travail à l'école de langues depuis janvier. Mais, pour rembourser nos dettes et boucler le budget, j'ai accepté des contrats auxquels je travaille, certains soirs. Je vais chez un ancien collègue qui a créé une petite entreprise de traduction. Il me fournit l'ordinateur et... la tranquillité.

— Pourquoi tu n'as rien dit ?

– J'ai ma fierté. Et l'argent, c'est MA responsabilité.

Papa m'a prise au dépourvu.

– Maman ne sait rien ?

– Je ne lui mens pas. Je me contente de rester vague sur le sujet. Je dis que je travaille. Et je paie les comptes…

Pendant quelques minutes, nous revenons à notre assiette. Des rires fusent dans le resto. D'autres clients s'installent.

Après quelques minutes, papa reprend :

– Tu as raison, Ganaëlle, je t'ai perdue de vue. Comme j'ai perdu de vue Zacharie et Marie-Neige et même votre mère. Nous sommes tous pris dans un tourbillon. Comment te dire…

Tout à coup, j'ai le goût de consoler l'homme qui me regarde avec tant de tendresse et qui semble si malheureux. Lui aussi se sent seul. Comme moi. Comme maman.

Nous mangeons lentement.

Enfin, papa me parle de la soirée à l'école. Pendant que je me rongeais les sangs dans ma chambre étroite, tout se passait bien. Même très bien. Les enseignants m'apprécient. C'est de l'inquiétude qu'ils ressentent à mon sujet.

– J'ai été ouvert avec eux. Même si cela était très difficile pour moi. Je leur ai expliqué pour le deuil… qui nous accable.

– Tu… tu leur as parlé aussi… du… *party* ?

– Jamais, Ganaëlle. Jamais. Ça, c'est une stricte affaire de famille. C'est entre toi, moi et ta mère. Les disputes familiales, ce sont des choses intimes ; ça ne se publie pas. Ça ne regarde que la famille. Il faut se respecter assez pour régler nos problèmes entre nous.

La serveuse vient reprendre nos assiettes vides. Je commande un café, comme papa.

— En sciences, ta professeure est prête à t'aider. Généreusement. Va la voir : elle croit que tu peux facilement te mettre à jour avant le congé de mars. Quant aux maths et au français, un peu d'application suffira, semble-t-il. C'est une question de manque de concentration. Quant à l'histoire… là, c'est le travail de recherche qui a été un désastre.

Je m'en doutais.

J'explique :

— Pas facile de travailler sérieusement avec Jennifer…

— Je croyais que cette Jennifer était ton amie.

— C'est un faux jeton. Je sais maintenant que c'est la reine des mauvais conseils et des fausses informations. Et puis, c'est une fainéante.

— Pourquoi avoir fait équipe avec elle ?

— Les équipes avaient été composées au hasard.

Papa fronce les sourcils :

— N'as-tu pas d'amie ?

— Je n'ai pas d'amies ici, papa, je n'ai que des copines et des copains.

— Tu sais faire la différence ? Bravo ! Je suis fier de voir que tu apprends de tes bêtises, Ganaëlle. Souviens-toi de ce qu'on dit là-bas : « Un mauvais ami t'empêche de t'en faire de bons. »

— Je voulais faire équipe avec Rosemarie. C'est une fille bien et elle est forte en histoire. Une vraie *nerd*.

— Parle une seule langue à la fois, me lance papa avec un éclair dans les yeux.

Alors j'ajoute, taquine :

– Tu sais ce que disent les profs, ici ?

– Dis toujours.

– Ils disent que le français, ça s'apprend et que l'anglais, ça s'attrape.

La phrase amuse papa qui constate :

– L'infection se répand : attention à toi. Méfie-toi surtout des antibiotiques que je te ferai prendre.

Pour la première fois depuis des mois, papa et moi avons ri ensemble.

16

Ce long déjeuner avec papa m'a redonné courage. Peut-être qu'il n'a pas retrouvé pleinement toute sa confiance en moi, mais moi j'ai retrouvé quelque chose du père que j'avais connu autrefois. Je ne suis plus sa petite fille espiègle. Il n'est plus mon papa insouciant. Mais depuis cette sortie au restaurant, un lien s'est renoué entre nous. Une sorte de complicité s'est installée.

Dans mon coqueron de chambre, je ne peux pas étaler mes livres pour les consulter aisément. Trop souvent, il m'est impossible de travailler à la table de cuisine parce que Zac et Marie-Neige sont trop turbulents. Alors, j'ai eu la permission de retourner à la bibliothèque certains soirs pour faire mes travaux dans le calme. J'apprécie. J'y rencontre Rosemarie qui a accepté de m'aider en histoire.

Nous avons bien travaillé ce soir toutes les deux. Elle avait apporté son *laptop* et nous avons pu finir le devoir rapidement.

Papa est survenu un peu avant la fermeture de la bibliothèque. Je m'y attendais. Arriver à l'improviste, c'est devenu sa façon. Comme il se faisait tard et que le quartier n'est pas toujours sûr à la nuit tombée, Papa a offert à Rosemarie de la raccompagner chez elle. Nous avons marché tous les trois et conversé. Il a vu la grande maison où elle habite. « Une maison bourgeoise », qu'il m'a dit quand Rosemarie fut rentrée.

C'était la première fois que j'entendais cette expression.

— Tu crois, papa, que nous habiterons nous aussi une grande maison comme celle-là quand nous serons tous devenus Canadiens ?

Il a haussé les épaules et j'ai vu un doute se dessiner sur ses lèvres. Mon père n'était pas du tout convaincu. Il m'a demandé :

— Rosemarie est au Canada depuis longtemps ?

— Ses parents sont venus étudier ici, puis ils ont décidé de rester. Rosemarie et ses frères sont nés ici.

— Ça fait une grande différence ça, Ganaëlle. Leur histoire d'immigration avait beaucoup de chances de réussir. Immigrer de son plein gré, c'est une situation positive et motivante. Par contre, arriver sans n'avoir vraiment rien décidé, poussés par des circonstances néfastes comme c'est notre cas, c'est une tout autre histoire.

— C'est quoi la différence ? On doit s'adapter de toute façon.

— La différence, c'est la liberté, ma fille. Oui. Et la dignité qui vient avec la liberté. Il est plus facile d'accepter les conséquences d'une décision qu'on a eu le choix de prendre et à laquelle on a pu réfléchir.

Il a mis sa main sur mon épaule avant d'ajouter :

— On n'emporte pas sa case en voyage, mon enfant... Surtout quand il faut fuir. Nous, nous avons encore bien des obstacles à vaincre.

— Tu crois qu'on réussira ?

— Si on reste soudés, oui.

C'était une soirée sans vent... Ça sentait presque le printemps.

Toutes sortes d'idées se bousculaient dans ma tête. Je pensais à ces histoires d'immigration, toutes si différentes, qu'il y avait rien que dans ma classe. Papa disait vrai.

Alors je lui ai demandé, un peu découragée :

— Pourquoi c'est si compliqué d'immigrer ?

— Chaque immigrant a sa propre histoire. J'ai mon histoire. Tu as la tienne. Ta mère a la sienne. Zacharie aussi. Même Marie-Neige vit une immigration... par personnes interposées.

— Pourquoi tu ne parles jamais de ce que tu as vécu, ici, seul avant notre arrivée ?

Papa a semblé agacé par ma question. Il m'a répondu brusquement :

— Je t'ai raconté tout ça !

— Je ne parle pas des emplois, papa. Je ne parle pas des démarches, des papiers à remplir, des entrevues... et tout et tout. Je parle de ce qui se passait en toi. Des hauts et des bas que tu as vécus. De tes oscillations entre l'espoir et l'abattement.

Papa m'a regardée avec intensité et curiosité : il ne s'attendait visiblement pas à ce que je lui demande cela et, certainement pas, de cette manière.

— Tu vieillis, qu'il a murmuré.

Puis, il m'a dit sur un ton plus léger :

— Je l'aime bien, cette Rosemarie.

– Moi aussi. Elle est pleine de vie, drôle et, en même temps, très sérieuse.

Nous arrivions dans la rue Beausoleil. Papa s'est arrêté :

– Le congé de mars est tout proche : tu l'inviteras à la maison. Il faut la remercier du temps qu'elle consacre à t'aider.

C'était à mon tour d'être étonnée. Une pensée sombre m'a vitement ramenée sur terre :

– Maman ne voudra jamais.

– J'en fais mon affaire, Ganaëlle. Mais tu l'aideras à préparer le repas et, surtout, à mettre la maison en ordre. Tu sais comme ça l'obsède, la propreté de la maison.

J'étais comblée. Je pouvais recevoir enfin une amie à la maison. Ma famille pouvait ressembler à une famille ordinaire. Et, dans l'élan qui me transportait, je me suis mise à rêver de bonne entente avec maman.

17

Quand Rosemarie est venue chez nous, maman l'a traitée avec beaucoup d'amabilité. Pendant tout le congé de mars, elle a cessé ses insultes à mon égard. J'ai même eu le droit d'aller chez mon amie après une séance au cinéma. Pas pour travailler, mais pour parler, comme des filles normales qui discutent de leurs goûts, se racontent leurs rêves et parlent des garçons.

Rosemarie semble intéressée par ceux de la classe. C'est qu'elle est plus jeune que moi. Je pense qu'elle a un œil, et peut-être les deux, sur l'un d'entre eux. Je la taquine : « Raoul ou Vianney ? *That is the question.* » Ce sont les grands dégingandés qui lui tournent autour. Moi, les copains de l'école ne me disent rien. Même ceux de douzième année. Ils sont tellement bébés. Ça me fait rire de les observer, surtout quand ils se croient irrésistibles. Ils m'amusent, ils ne m'émeuvent pas. Je ne ressens aucun désir de devenir amoureuse d'un garçon de cet âge. Et puis, quand est-ce que j'aurais le temps de sortir avec un garçon, prise comme je suis par ma réussite scolaire et les exigences de ma famille.

Trop compliqué, tout ça. J'en ai déjà assez sur le dos… et dans le cœur.

J'aime encore plus la maison de la famille de Rosemarie depuis que je l'ai visitée. C'est super : chacun des enfants a sa chambre. Elle a deux frères : Ludovic et Geoffroy. Je connais un peu Geoffroy parce qu'il fréquentait notre école l'an dernier. Il est gentil, beau garçon aussi. Le genre sportif et musclé qui fait tourner les têtes et qui se rend très bien compte de son charme. Trop immature pour moi ! De toute façon, il étudie à Montréal maintenant. Il habite avec Ludovic, l'aîné de la famille, qui étudie en droit international, si je me souviens bien. Le père de Rosemarie est ingénieur ; sa mère enseigne à la Cité.

Rosemarie est chanceuse. Elle connaît bien Montréal. Une de ses tantes y habite et elle visite parfois ses cousines. Elle est allée à Québec, à Toronto et même à New York. Elle m'a montré des dizaines de photos. Je l'envie. Moi, depuis mon arrivée à Ottawa, je n'ai vu qu'Ottawa ! Je sais profiter des plages l'été, du canal l'hiver même si je n'ai rien d'une championne de patinage. Zac, lui, a vite appris et assez bien pour jouer au hockey. Une fois, je suis allée dans les collines de la Gatineau avec l'école. À part ça, je ne connais de ce pays que jusqu'où l'autobus de la ville peut me conduire. Ici, il faut avoir une auto. Tout est conçu en fonction de ça. Après deux ans et demi, j'ai l'impression que la ville rétrécit.

Papa continue de rentrer tard les soirs de semaine. Je ne m'inquiète plus puisque je sais maintenant pourquoi. Maman, elle, n'a pas l'air de s'apercevoir de son absence. Elle s'affaire au travail de maison, couche Marie-Neige, gronde

Zac quand il exagère et se met ensuite à ses devoirs d'anglais. Elle a toujours froid, alors il fait très, très chaud dans la maison. Pas un chaud sympathique. Non! Un chaud désagréable. Elle traîne une fatigue constante et elle tousse beaucoup. Je pense que c'est à cause du mauvais rhume dont elle a souffert tout l'hiver. Elle est arrivée au printemps complètement épuisée. Papa insiste pour qu'elle voie un médecin, mais elle refuse. Et quand maman décide de s'entêter, mieux vaut se résigner. Elle s'impatiente pour des riens. Même quand je l'aide, je n'en fais jamais assez. Ou ce n'est jamais bien fait. Pourtant, je m'applique. En fait, nous sommes tous fatigués dans cette maison. Excepté Zac qui profite du moindre prétexte pour retrouver ses amis et Marie-Neige qui est obsédée par les marches de l'escalier depuis une semaine. Eux, ils sont infatigables. Et leur énergie affole maman encore davantage.

Le cercle vicieux.

Il est vingt heures. Papa est absent. Je me suis enfermée dans mon cagibi. Les deux infatigables, eux, sont dans leur chambre, à côté. Je les entends à travers les murs de carton. Zac fait le clown pour faire rire Marie-Neige qui roucoule comme un pigeon. Ils m'empêchent de me concentrer. Je dois aller au rez-de-chaussée. Pas le choix!

Je me suis installée au bout de la table de cuisine. Maman est venue s'assoir à l'autre bout. Elle corrige un exercice d'anglais et ça ne semble pas aller du tout. Soudain, elle « pogne les nerfs », comme dit Arlette. Elle lance un livre et son cahier. Je suis sidérée. J'hésite à dire ou à faire quoi que ce soit. Je me penche davantage sur mon travail pour jouer discret. Puis, j'entends des reniflements et des pleurs.

– Maman ?

– J'en ai marre de tout ça ! L'anglais, l'école, les cahiers d'exercices… comme si j'étais encore une enfant.

Je ne sais trop quoi dire. J'hésite, puis je demande d'une voix lente :

– Tu veux que je t'aide ?

– Inutile. Je n'y arriverai jamais. Le test est lundi prochain. Et je ne comprends rien à tout ce charabia.

Je ramasse le cahier qui git sur le lino de la cuisine.

– Laisse-moi jeter un œil.

Maman continue d'exprimer sa colère :

– Zacharie a appris cette langue-là sans même ouvrir un livre. Marie-Neige la comprend déjà un peu.

– Maman, c'est que…

– … que je suis l'idiote de la famille. Oui, oui. Je sais, j'ai le cerveau ramolli.

Je prends conscience tout à coup que j'ai devant moi une femme à bout, désespérée. Je mettais jusqu'ici tous mes efforts à me défendre contre elle alors qu'elle est totalement démunie.

– Tu veux un coup de main ?

– Tu renverses les rôles. C'est moi qui devrais pouvoir vous aider. Pas le contraire. Ça devient humiliant à la fin.

Je ne sais plus quoi faire pour la consoler, comment lui offrir mon aide. J'ai peur de l'offenser et, malgré tout ce que j'ai sur le cœur, je ne lui veux aucun mal.

Elle s'énerve entre deux sanglots :

– Je ne pourrai jamais me trouver un emploi.

Je tire ma chaise jusqu'à elle et dépose le cahier devant elle. Des parties de phrases ont été soulignées en rouge vif. Et un mot en lettres majuscules est répété au pied de chaque page : *IDIOMS IDIOMS IDIOMS*.

Maman pointe le mot du doigt :

– Tu vois, tu vois comment elle me traite, cette Anglaise. Elle me juge bonne à rien.

Je trouve que ce que dit maman est étrange, mais je préfère ne pas m'y attarder et continuer ma lecture du cahier.

Je viens de saisir le problème :

– Ton vocabulaire est bien, maman. Le problème, c'est que tu écris en français avec des mots anglais.

– Qu'est-ce que tu racontes !

– Maman, tu sais ce que je veux dire, tu parles déjà trois langues…

Elle m'interrompt avec force :

– Trois langues qui, ici, ne servent à rien. Et je suis devenue trop vieille pour en apprendre une quatrième.

Je soupire et continue :

– Tu sais que chaque langue a sa manière de dire les choses. Pour cet exercice, il faut que tu dises les choses à la manière anglaise.

– Tu m'embrouilles.

– Il ne faut pas traduire mot à mot. Tu ne peux pas parler français dans ta tête et remplacer par un mot anglais pour que ce soit de l'anglais.

– Mais tout ce rouge, c'est terrible. Et, tu as lu : elle me traite d'idiote.

– *Idioms*, maman. *IDIOMS*. Pas idiote.

– Tu es sûre ?

– Regarde.

Maman a l'air de quelqu'un qui s'éveille d'un cauchemar. Elle ose un faible sourire.

– Ça me ferait plaisir de t'aider, maman. Si tu le veux, bien sûr.

Maman soupire, ramasse le livre resté sur le plancher. Elle me regarde, hausse les épaules dans un geste de découragement :

– Comment peux-tu m'aider ?

– On peut converser en anglais toutes les deux, et je te corrigerai. Si tu me le permets.

Elle se lève et fait bouillir de l'eau. D'une voix moqueuse, elle parodie papa :

– Dans cette maison, on parle français.

Elle me rejoint à la table avec la théière et deux tasses :

– Mais qu'est-ce qu'elle veut cette dame anglaise avec ses *idioms* ?

– Oublie les barbouillages rouges, maman.

Elle fait glisser une tasse remplie de thé jusqu'à moi.

– *Idioms… Idioms*. C'est un mot… idiot.

Soudain, elle éclate de rire. Depuis des lunes, je n'avais pas entendu rire ma mère. Et pour la première fois, nous avons conversé d'égale à égale.

Ça m'a fait du bien.

18

Depuis un mois, chaque soir, quand Marie-Neige est endormie et que Zac, ses devoirs complétés, dévore la télévision, maman et moi nous allons dans la cuisine et nous conversons. En anglais. Si le temps est doux, nous sortons dans la courette. Assises sur les chaises de résine qu'un voisin nous a données avant de déménager, nous parlons. De tout et de rien. Parfois, quand papa est à la maison et peut veiller sur le sommeil de Marie-Neige, nous marchons jusqu'au coin de Dalhousie pour prendre un café. Ça change du thé.

Les premières conversations ressemblaient à celles d'un bureau des plaintes : la maison si petite, la routine lassante, l'état de domestique auquel elle se sent réduite, les prix exorbitants, la nourriture qu'elle aime qu'on ne trouve pas à proximité…

J'ai écouté.

Peu à peu, j'ai osé poser des questions sur son enfance, au temps où le pays était calme. À ma grande surprise, elle m'a parlé avec vivacité du bonheur simple de sa vie sur la ferme de ses parents. On aurait dit que s'exprimer dans une autre langue l'aidait à franchir ses résistances.

Entre ici et là-bas

Nos conversations me font découvrir une nouvelle personne. Peut-être que maman est en train de redevenir elle-même. Ses yeux s'allument quand elle parle des petites filles qu'étaient mes tantes, de leurs jeux, des taquineries qu'elles se faisaient entre elles, des histoires qu'elles inventaient pour se faire peur. Parfois, son regard s'embrouille comme un paysage chargé de brume au petit matin. Alors, je dirige la conversation sur notre vie présente. Nous parlons des dernières espiègleries de Zacharie ou des nouveaux mots que prononce Marie-Neige. Je dois avancer à pas prudents avec maman.

J'en apprends aussi un peu plus sur ses sentiments profonds au départ de papa. La peur et l'angoisse qu'elle cachait à tous. À moi, à ses sœurs, à grand-mère. Elle voulait se montrer brave. Elle disait qu'il fallait faire confiance à la vie, à Dieu, aux amis. Elle le disait avec tant de conviction que nous étions toutes persuadées de sa force alors que les jours s'écoulaient sans un téléphone, sans une lettre de papa. Elle ignorait où il était, s'il avait eu le temps de franchir la frontière ou s'il était encore caché quelque part au pays. Il aurait pu être blessé, emprisonné… ou mort. Elle m'a dit qu'elle était surveillée par le régime en place. On épiait ses gestes, on notait qui elle rencontrait, à qui elle parlait. Par peur et, surtout, pour protéger les autres, elle s'était repliée sur elle-même. Enfin, il y avait eu la lettre des amis de Grenoble. Elle avait compris que papa était chez eux. Mais elle s'est mise à craindre de le trahir. Alors, elle n'avait plus parlé aux voisines, ne communiquait avec ses collègues de travail que pour l'essentiel et par peur d'être piégée, elle n'avait plus accepté de voyager à l'extérieur de la ville.

J'avais bien senti ce silence qui creusait un fossé autour de nous. L'isolement gagnait chaque pièce de la maison et aussi le cœur de ma mère. Elle avait voulu nous protéger, mais ce qui protège un temps, emprisonne longtemps. Elle en était venue à se méfier de tout le monde. À voir un traître dans chaque ami de mon père. Un espion dans chaque passant.

Il a fallu une année pour que papa, après un détour en France, arrive enfin en sécurité au Canada et nous donne de vraies nouvelles. De vive voix.

Tout ça explique la fatigue de maman, sa méfiance, sa brisure. Elle me raconte tout ça par bribes, sans suite chronologique. En cherchant ses mots, en glissant des mots français quand le vocabulaire anglais lui fait défaut. Elle laisse des phrases en suspens, comme si elles étaient trop lourdes de sens et de souffrances. C'est moi qui reconstitue l'histoire, comme on assemble un casse-tête.

À l'école d'anglais, la semaine dernière, maman a été félicitée pour ses progrès. Elle commence à se faire un peu plus confiance. Je note de courtes éclaircies... comme celle de samedi dernier lorsqu'elle est allée toute seule au centre commercial.

Moi aussi, je change. Je deviens plus patiente avec elle. Plus compréhensive.

Peut-être que c'est ça devenir adulte. Nous apprenons, l'une et l'autre, à venir à bout des énormes changements que la vie nous a imposés.

19

Juin approche. Les vacances d'été aussi. Je cherche un emploi. Cette fois, j'ai obtenu la permission de mes parents, en échange de ma promesse de leur faire part de toute offre sérieuse avant d'accepter. *Fair enough!* Ah oui... j'oubliais l'autre condition : que le travail ne débute pas avant la fin de l'année scolaire. Papa a, bien sûr, insisté là-dessus : je me dois d'abord à mes études. Refrain connu! Il faut obtenir les meilleures notes pour être admise à l'université et, dans mon cas, c'est essentiel, pour avoir droit à une bourse d'études. Sans bourse, pas de baccalauréat possible. Un stress de plus.

À l'école, depuis le dernier bulletin, deux groupes se sont formés qu'on distingue facilement par leur présence (ou leur absence) aux cours les après-midis de beau temps. Je ne vois presque plus Jennifer, Carlos et Raoul.

J'ai rempli quelques offres d'emploi et je continue. Beaucoup doivent être complétées électroniquement. On demande de remplir un questionnaire. Certains employeurs posent de drôles de questions. Je me méfie un peu. C'était plus simple pour l'emploi à l'épicerie l'automne dernier. Tout s'est passé en face à face. Lorsque l'on a les gens devant soi, on peut se faire une idée d'à qui on a affaire. La technologie a des côtés sombres, parfois. Alors, je lis très attentivement chaque mot de ces questionnaires. Je scrute la logique derrière les demandes. Il m'arrive de trouver qu'il y a anguille sous roche. Quand je n'arrive pas à trouver de bonnes raisons pour justifier certaines questions, je laisse tomber la demande. Papa m'approuve. Il m'a même félicitée de ma vigilance.

J'espère que j'accumule des points dans la case « confiance ».

Il m'est arrivé, le soir dans mon lit, de penser à ce que serait pour moi l'emploi rêvé. Je me suis aperçue qu'au fond je n'en savais rien et que j'accepterais n'importe quoi. Enfin, pas tout à fait n'importe quoi, mais une chose est claire, c'est que c'est pas clair du tout. Ce serait bien d'obtenir quelque chose qui enrichirait mon CV. Incroyable comme c'est mince le CV d'une fille à mon âge ! Être une immigrante bien intégrée, même si j'y engouffre mon énergie, ça ne s'écrit pas dans la section des expériences de travail ! Pour moi, ça se résume à caissière d'épicerie. C'est un début bien entendu. Mais c'est loin de me définir et de montrer ce dont je suis capable. Guide au Parlement aurait plus de chic, il me semble. Travailler avec le public, ça a la cote si je me fie aux questions qu'on pose sur les demandes d'emploi. Ce qui serait super formidable, ce serait un emploi avec de vraies responsabilités, comme monitrice pour les piscines et les plages de la ville. Ouais : je ferai mieux d'apprendre d'abord à bien nager. Encore quelque chose de compliqué !

Est-ce possible de trouver quand on ignore ce qu'on cherche ?

Excellente question pour me tenir éveillée !

20

La semaine dernière, en ouvrant mon manuel de sciences pour réviser la matière d'examen, je suis tombée sur un dépliant que j'y avais oublié. Il avait été distribué par l'infirmière venue à l'école nous parler de la dépression chez les adolescents. Cette fois, je l'ai lu attentivement. Et relu encore plus attentivement, car j'étais toute bouleversée…

Quand maman a été endormie, je suis descendue au salon attendre le retour de papa. À son arrivée, sans même lui demander comment il allait, je lui ai tendu le dépliant. Il a senti l'urgence dans mon geste. Ensemble, nous l'avons lu. C'est un test de base pour aider au diagnostic de la dépression. On aurait pu croire qu'on parlait de maman. Tout y était : son découragement, son désintérêt de tout, sa fatigue continuelle, son indécision, ses oublis, son sentiment de n'être bonne à rien, d'être coupable de tout et de rejeter ensuite cette culpabilité sur nous.

— Tu crois que c'est cela, papa ?

D'une main, il s'est frotté la joue. C'est ainsi qu'il réfléchit, mon père.

— Ça y ressemble… Mais je ne suis ni médecin, ni psychologue.

J'ai hésité à poser la question qui me chatouillait les lèvres.

Après un moment, j'ai osé :

– Comment ça peut arriver à une personne adulte ?

– Qu'est-ce que tu veux dire ?

– Chez les ados, je comprends. À notre âge, on est pas mal mêlé… On ne sait pas ce qu'on veut, on ne sait pas qui on est et, encore moins, ce qu'on veut vraiment faire de notre vie… On est perdu. On veut que tout s'arrange vite, mais on n'a pas les moyens ni le pouvoir de faire avancer les choses. Mais pour les adultes, il me semble que c'est différent.

Dans la pénombre de la pièce, j'ai vu osciller la tête de papa. On aurait dit qu'il pesait ses mots avant de me les livrer :

– Se sentir mêlé comme tu dis… ne plus savoir qui on est, ce qu'on veut et peut faire de notre vie, se sentir perdu, ne se reconnaître nulle part… tout ça, Ganaëlle, ressemble étrangement à ce que vit un immigrant. Surtout celui qui n'a pas choisi de partir, qui a été forcé de le faire. Que les mêmes expériences, les mêmes difficultés provoquent des résultats semblables, ce n'est pas du tout impossible.

– Parle-lui, papa. Elle a besoin d'aide.

– Je vais d'abord réfléchir à tout ça. Entre-temps, toi, occupe-toi de tes examens. Tu dois penser à ton avenir.

Avec difficulté, papa s'est levé de son fauteuil.

Lui aussi est épuisé. Je le sens.

Avant qu'il ne monte à l'étage, j'ai ajouté :

– Quand on converse en anglais, maman m'a raconté des choses du temps de la guerre civile. Des détails sur sa fuite vers la frontière, le pourquoi et le comment. Peut-être qu'elle revit tout ça depuis qu'elle est arrivée ici. Par fierté, elle garde tout en elle. Elle a aussi joué la forte après ton départ. Et maintenant, ça l'étouffe peut-être.

– Laisse-moi faire. Toi, tu as...

Je l'interromps :

– Mes examens... je sais.

Puis, le silence s'est faufilé entre nous. Mon père a marché vers l'escalier :

– Papa...

– Quoi ?

– J'ai eu une super idée.

Mon idée ? Organiser une petite fête surprise pour maman et inviter ses amies à un repas dans la courette.

C'est que maman termine ses cours d'anglais la semaine prochaine. Vendredi après-midi, il y aura une remise des certificats à l'école et les familles sont invitées. Moi, je ne peux pas y aller : *because* un super gros test de français. Et à ce moment de l'année pas question de rater une occasion de remonter ma moyenne.

Sans hésiter, papa m'a donné carte blanche et m'a assuré d'un montant d'argent pour que j'achète ce qu'il faut. Il se chargera de la bière.

Je n'ai pas pu dormir : mon idée géniale avait un *bug*... trouver un endroit frais pour ranger les aliments périssables et une sorte d'armoire pour cacher tout le reste. Pas la moindre place chez nous. Chez nous, impossible d'avoir des secrets. Pas même une cachoterie pour faire plaisir.

Le lendemain, j'en ai parlé à Rosemarie... qui en a glissé un mot à sa mère... qui nous a permis l'usage du frigo supplémentaire de leur sous-sol. OUF! Il n'y a plus qu'à tout préparer. Jeudi, après l'école, Rosemarie viendra avec moi faire les achats et nous déposerons tout ça chez elle. Après notre test, vendredi, on ira récupérer le tout. À deux, on aura le temps de préparer les plats et de décorer un peu.

J'espère que maman appréciera. Je reste toujours sur mes gardes avec elle, malgré les liens que nous avons récemment tressés.

D'ailleurs, depuis quelques jours, je la sens redevenue *full* nerveuse. Son humeur change comme la direction d'un drapeau au vent. On ne sait jamais pourquoi.

Une chose est toutefois acquise : elle ne croit plus que le mot *idiom* est une insulte!

21

Je dois rêver ! Des images flottent dans ma tête. RIEN QUE DU BONHEUR. Je ne veux surtout pas me réveiller…

La maison sommeille. C'est samedi. Je flâne au lit en écoutant les bruits qui viennent de la rue. Cette nuit, j'ai dormi la fenêtre ouverte ; il faisait si chaud qu'on aurait dit l'été. Le temps n'est jamais pareil ici. C'est le troisième mois de mai que je passe à Ottawa. J'ai connu deux fois un mai décevant. Cette fois, mai est chaud, parfumé, super fleuri. De lilas, de fleurs de pommetiers dans les cours. Et de tulipes, évidemment. Les tulipes fleurissent en mai à Ottawa : on en fait même un festival !

Hier, c'était le jour de la remise des certificats. Maman resplendissait dans sa robe pourpre et jaune or. Celle des grandes occasions. Habillée selon la tradition, elle retrouvait ses racines et redevenait elle-même.

Moi, j'avais à relever le défi de préparer la fête surprise.

En sortant de l'école après l'examen de français, j'étais super anxieuse. J'ai attendu Rosemarie dans le hall de l'école pour nous rendre chez elle. Elle ne semblait pas vouloir se hâter :

— Dépêche-toi. On a beaucoup à faire.

Le nez sur son téléphone cellulaire, elle s'engageait en direction de chez moi.

— Qu'est-ce que tu fais ? Il faut passer chez vous, Rosemarie, récupérer ce qu'on a déposé là…

Taquine, mon amie m'a révélé :

— Ce matin, j'ai tout mis dans des boîtes et des gros sacs, et je fais livrer.

— Livrer ? Tu te paies ma tête ?

Un message venait de rentrer sur son cellulaire. Son visage s'était éclairé. Je l'ai vue taper vite une réponse.

— Il faut courir, le livreur est déjà chez toi.

Je ne comprenais rien à ce que mon amie avait manigancé.

— Fais-moi donc confiance, Ganaëlle, qu'elle me lance avec un rire espiègle.

Marche accélérée. Éclats de rires.

Dans la rue, au bout de la terrasse, une voiture rouge était garée. Quand nous sommes arrivées à sa hauteur, quelqu'un en est sorti. Mes yeux se sont arrondis. Le jeune homme était souriant, sympathique, TRÈS GRAND et SUPER BEAU !

— Mon frère Ludovic. Livreur à temps partiel.

— Ganaëlle ? Rosemarie m'a parlé de toi.

Il a serré la main tremblante que je lui tendais.

Je suis restée quelques secondes la bouche béante comme une porte de garage. Puis, j'ai réussi à lui rendre son sourire et à balbutier :

— Je… vais ouvrir.

Il m'a suivie avec une boîte de provisions, après avoir lancé à sa sœur :

— Toi, reste près de l'auto.

J'ai vu Rosemarie grimacer.

Chez moi, Ludovic a déposé son fardeau sur la table de cuisine et il est retourné à l'auto prendre une seconde boîte, la plus lourde, celle des boissons gazeuses et des jus. Après en avoir sorti le contenu, il m'a demandé :

– T'as besoin d'aide pour la fête ?

Je ne m'attendais pas à cette offre. Je ne m'attendais à rien de ce qui m'arrivait depuis quelques minutes. À la pensée que ce beau grand jeune homme reste encore un peu, j'étais tout excitée, mais je ne voulais rien laisser voir.

– Peut-être… je… oui… bien sûr.

Moi qui d'habitude ai la parole facile, je ne pouvais plus construire une phrase intelligente. *Full* intimidée.

– Rosemarie est là pour le coup de main. Mais… c'est vrai…, il y a beaucoup à faire… il y a la bouffe, mais aussi la courette à préparer… Il faut nettoyer les chaises et la table… et peut-être…

Je cherchais des raisons pour qu'il reste, tout en jouant la fille organisée, pleinement en contrôle de son projet. Mais j'étais malhabile. Incapable d'improviser à cause de l'émotion qui me submergeait.

Près de l'auto, Rosemarie s'est mise à klaxonner comme une enragée pour nous rappeler à son bon souvenir.

– Il faudra sortir les chaises de cuisine… parce qu'il n'y aura pas assez de chaises de jardin pour tout le monde…

– D'accord. Je reviens…

Il est parti d'un pas alerte. Je n'ai même pas pu le remercier pour la « livraison ».

Quelques instants plus tard, Rosemarie est apparue avec les sacs de croustilles et de triangles de maïs. Pas très contente.

— Qu'est-ce qui lui a pris tant de temps ? Je suis venue pour t'aider, moi, pas pour faire le guet à côté de sa voiture.

J'étais mal à l'aise.

Nous nous sommes mises au travail. Rapidement. Tant de choses à accomplir : vider les boîtes, mettre les boissons au frais, laver et couper les légumes, piquer des morceaux de fromages avec des cure-dents, rouler des tranches de jambon, préparer une salade verte, sortir de leurs emballages les verres et les tasses cartonnés, la longue nappe de papier. Tout ça, avant de nettoyer les meubles de résine et de décorer la cour.

Malgré la liste qui s'allongeait, dans ma tête, le regard vif et taquin de Ludovic me fixait. Son beau visage, ses cheveux ébouriffés d'ancien ado, sa prestance de jeune homme sûr de lui, affable et serviable. Ludovic, parti bien vite. TROP vite. Il avait dit : « Je reviens. » Mais il ne revenait pas. J'étais déçue.

Toutes les cinq minutes, je vérifiais l'heure. Le temps courait. Ma famille allait revenir bientôt et les voisines arriver avec les plats promis. À l'horloge de mon téléphone, les chiffres s'affolaient. Pas le moment de rêver, Ganaëlle…

Rosemarie, qui essuyait les grands bols de service, s'est tout à coup écriée :

— Qu'est-ce qu'il fait là, lui ?

J'ai vite jeté un œil à la fenêtre : Ludovic, venu par la rue derrière la maison, déposait des chaises de jardin dans la cour. Je n'ai pas eu le temps de m'étonner de son retour, il était à la porte de la cuisine et me demandait de mouiller un torchon pour essuyer les meubles de résine. Il s'est chargé de tout agencer et pendant que nous achevions de couvrir de pellicule les plats de service avant de les disposer sur la table décorée, il a tendu la banderole qui disait « BRAVO » puis soufflé et suspendu les ballons que j'avais achetés.

Un texto de papa est rentré : « Prenons bus. 15 min. serons maison. » Les amies de maman arrivaient, toutes ensemble, en piaillant comme une volée d'oiseaux. La cour s'est illuminée de leurs rires amicaux. La nounou de Marie-Neige était là elle aussi. Et même madame Caméra, qu'il fallait bien que j'invite pour ne pas créer d'incident diplomatique dans le quartier.

Comme s'il avait connu ces dames depuis toujours, Ludovic assurait la conversation.

Quand maman est arrivée dans la cour et qu'elle nous a tous aperçus, elle s'est mise à pleurer : cette fois, c'était de joie.

J'avais gagné mon pari. J'y étais parvenue grâce à l'aide de Rosemarie et celle inattendue de Ludovic.

Le soleil monte dans le ciel. Il faut revenir sur terre. Me lever. Tout nettoyer, tout ranger dans la cour. Retourner à la routine. Et… oublier Ludovic qui retourne à Montréal demain.

22

J'ai pris une résolution ce matin : ne rien laisser paraître de « l'effet Ludovic » sur moi. À personne. Pas à mes parents même s'ils l'ont trouvé très gentil. Je les connais : ils s'affoleraient de voir leur fille fréquenter un étudiant universitaire alors que je suis encore au secondaire. Pas un mot à Rosemarie non plus. Je ne veux pas profiter de son amitié. Ce serait moche. Rosemarie, c'est mon amie et pas rien que la sœur du beau jeune homme. Je ne veux pas en faire une éclaireuse ou une messagère. Donc, ne jamais lui poser de questions sur Ludovic. Ne jamais m'informer des allées et venues du beau grand jeune homme. À moins, bien sûr, qu'elle aborde elle-même le sujet. Alors… là… Je serai tout oreilles pour entendre ce qu'elle me confiera. Je sens que j'aurai très bonne mémoire.

Quelles émotions j'ai vécues hier !

J'ai vu ma famille heureuse : maman se remémorait des mésaventures de son temps d'écolière, papa racontait des incidents cocasses survenus avec ses fonctionnaires-étudiants de français ici à Ottawa, Zacharie avait dessiné une immense carte de félicitations pour maman et la faisait admirer par tout le monde, Marie-Neige distribuait des bisous, et les rires sonores des voisines envahissaient la cour.

Moi ? Je regardais Ludovic.

Pas surprenant qu'aujourd'hui tout me semble super fade. Pas encore reçu de réponses à mes demandes d'emploi. Comme je ne suis pas du genre patiente, je m'énerve. Tout s'était passé si vite en novembre pour l'emploi à l'épicerie que je m'imaginais que ce serait aussi simple cette fois.

C'est dur l'attente. C'est difficile de devoir rester immobile quand tu veux que ça bouge. Il me semble que ma vie se déroule au ralenti. L'ennui va m'envahir.

J'ai décidé de me procurer un peu de rêve : m'acheter un magazine de mode. Et un grand café. J'ai marché jusqu'à la rue Sussex et je suis entrée dans une librairie. J'ai fureté un moment devant les étalages de magazines. Puis, j'ai trouvé une table libre devant la vitrine où j'ai pu siroter un cappuccino en feuilletant ma revue de mode. Tous ces beaux vêtements, j'aurais envie de les porter. Je les imagine sur moi en teintes vibrantes.

Je rêve…

Ah ! Je dois absolument trouver un emploi d'été. Et vite.

Soudain, une information de Jennifer me revient en mémoire : certaines boutiques de vêtements accordent des rabais à leurs employées. Une envie folle de travailler dans un de ces magasins me secoue. Je finis mon café à la hâte, roule le magazine et l'enfouis dans mon sac à dos, puis je traverse la rue pour entrer au Centre Rideau.

C'est mon jour de chance : la devanture de la première boutique de vêtements que je vois affiche : « Vendeuse recherchée pour la saison estivale » (traduction libre, car c'était en anglais, *of course !*). Pleine d'espoir, j'entre et je m'adresse à une vendeuse qui me confirme qu'on cherche en effet quelqu'un pour faire des remplacements pendant les vacances. Elle me dit d'attendre et va informer la gérante.

Quelques minutes plus tard, une dame rondelette s'avance vers moi, la bouche pincée, l'air hautain. Je lui tends la main. Elle ne la saisit pas et lance après m'avoir examinée de la tête aux pieds :

— C'est vous qui cherchez un emploi ?

Elle grimace presque.

— Oui, le temps des vacances scolaires.

— Vous… arrivez trop tard.

— Mais… votre vendeuse vient de me dire que vous cherchiez toujours.

Madame Guindée fait la moue et me jette :

— Comme vous le dites si bien, c'est une vendeuse. L'engagement du personnel, ça ne la concerne pas du tout.

Je n'arrive pas à nommer le sentiment qui m'envahit. Je me sens victime, mais j'ignore de quoi exactement. Quelque chose dans l'attitude de cette femme me pique à vif, me donne le goût de lui tenir tête. Sa froideur ? Son dédain ?

La gérante continue :

— Vous feriez mieux de chercher dans votre quartier. Vous auriez plus de chance de trouver auprès de gens…

— De gens ?

— De gens… de gens… comme vous, quoi.

Le mot que je cherchais s'inscrit d'un coup en lettres brillantes dans mon esprit. Je deviens mordante :

– Des gens comme moi ? Vous voulez dire...
des Noirs ?

La dame pâlit. Je viens de la mettre à nu.
C'est à mon tour de la toiser. De la tête aux pieds,
comme elle l'a fait en m'apercevant tout à l'heure.

Un ange passe. Je le laisse passer.

Puis, armée de mon sourire le plus effronté,
j'articule :

– Madame, votre emploi, je n'en veux plus.
Moi, je n'ai rien contre les Blancs... mais les
racistes, quelle que soit la couleur de leur peau,
je les fuis comme le choléra.

La dame est devenue très, très blanche. Je
la dévisage. Je compte les secondes : cinq bien
tapées. C'est long cinq secondes de silence ! Ses
yeux s'arrondissent. Je sens qu'elle a peur. Peur
de moi. Et ça me fait follement plaisir.

Ma rage a disparu.

Un sentiment nouveau m'envahit : celui d'avoir
un pouvoir sur ma vie.

<h1 style="text-align:center">23</h1>

Ça sent la fin de l'année scolaire. Ça sent la liberté, les longues soirées de clarté, et ça sent surtout l'angoisse pour les examens qui commencent demain.

Je suis prête, j'ai étudié sérieusement. Tous mes temps libres ont servi à récapituler, à mémoriser ce qu'il fallait. Mais j'ai le trac, cette peur que connaissent les comédiens ou les chanteurs avant de monter sur scène. La scène pour l'instant, c'est une salle de classe mitraillée de rires nerveux.

C'est avec Rosemarie que j'ai révisé. Elle est devenue une vraie, vraie amie.

Une confidente. Sauf que je me suis juré de ne pas confier mon coup de foudre à ma confidente parce qu'elle est la sœur du beau jeune homme. « Un foutu manque de pot », dirait papa.

Rosemarie n'a mentionné le nom de Ludovic qu'une seule fois pour me dire qu'il a un emploi d'été à Montréal. Un autre foutu manque de pot ! Une information qui referme la porte sur tout espoir de le revoir bientôt. Je dirais même que la porte m'a claqué sur les doigts.

J'ai tenu ma promesse : je n'ai pas posé de questions… enfin, rien de trop évident. Mais ce fut dur !

Je m'en suis tenue aux questions neutres :

— Ah oui ? Où il travaille ?

La réponse de Rosemarie m'a intéressée. Ludovic travaille dans les bureaux d'une œuvre humanitaire. Pour faire diversion, j'ai demandé :

— Geoffroy, lui ?

— Il est à Ottawa en formation comme guide dans le Parc Algonquin.

— Ah, bon ! Ça doit être fascinant, travailler dans les bois...

De cette manière, j'ai donné l'impression que je m'intéressais à ses deux frères par politesse.

Cette conversation, c'était juste une parenthèse et nous sommes revenues à nos manuels et à nos notes de cours. Entre les examens et les séances d'études, je continue à chercher un emploi. Deux possibilités se dessinent maintenant : monitrice dans un camp de jour et caissière à l'épicerie où j'ai déjà travaillé. J'aimerais mieux le camp de jour. Caissière, ce serait un retour en arrière. Alors que moi, je veux avancer.

Toute ma famille se prépare aux vacances. Depuis la fin des cours d'anglais, maman montre plus d'énergie et de patience. C'est peut-être l'effet soleil et chaleur. Elle sort souvent avec Marie-Neige qui ne va plus chez sa nounou que deux après-midis par semaine. Maman cherche elle aussi activement un emploi. Zacharie est inscrit à un camp sportif dans le quartier et il ira durant deux semaines à un camp de soccer dans l'Outaouais. Les jambes lui frétillent déjà !

Papa, lui, travaille toujours très fort. À l'école de langues, il n'a plus que dix heures par semaine. Heureusement, il travaille pour M. Lalonde, son ancien collègue. Il aime davantage cet emploi.

Et ça change tout. Il a l'air moins fatigué. C'est peut-être aussi – comme pour maman – l'effet du beau temps. On est plus souvent dehors. On mange dans la cour au lieu de s'entasser dans la cuisine. Là, on a plus de place pour bouger. On respire mieux. Les chamailles durent moins longtemps, les rires se multiplient.

Un filet de lumière s'est infiltré dans le tunnel.

24

Beau fixe.

Je ne parle pas du temps. Je parle de ma famille. Une famille de là-bas qui devient lentement une famille d'ici. Une famille… normale.

Beau fixe.

Je parle de mes relations avec maman. Le défi du cours d'anglais relevé, on dirait qu'elle continue à reprendre confiance en elle-même, la confiance qu'elle avait du temps de là-bas. Il y a juste un hic. Les emplois offerts ces temps-ci s'adressent davantage aux étudiants en vacances. Elle s'en plaint : « Ils bouffent toutes les places disponibles, ces garnements. » Elle dit ça sans penser que je suis de ces garnements-là. Elle cherche quelque chose de stable, de bien rémunéré et qui mettrait en valeur son expérience en affaires. Pour le moment, rien ne se dessine.

Beau fixe aussi dans mes relations avec papa. Le test final de confiance pour fille indigne qui désire obtenir sa libération conditionnelle a eu lieu. Je pensais qu'il me prendrait à part, qu'on se retrouverait tous les deux devant une pizza – en souvenir d'un soir de janvier – ou devant un déjeuner monstre – en souvenir d'un certain samedi de février – pour boucler la boucle de ce mauvais hiver. J'avais prévu une grande discussion préalable, ou un sermon grandiose. Je m'étais une fois de plus trompée !

C'était le samedi suivant la fin des examens. Je m'étais levée tard. Récompense favorite des ados : la grasse matinée. Quand je suis descendue, papa lisait son journal dans la cuisine en sirotant son énième café du matin.

– Tiens… la belle au bois dormant !

– La belle au bois dormant n'est pas tout à fait éveillée.

Maman était partie avec Marie-Neige faire des achats, Zacharie jouait au soccer dans la cour d'école avec ses amis.

– Que comptes-tu faire aujourd'hui ?

– Paresser. Rosemarie doit me texter. On ira peut-être au cinéma. Ça dépend des films à l'affiche. Toi, tu travailles ?

– Il le faut.

– Tu travailles sans arrêt, papa !

– Je serais mal venu de m'en plaindre, Ganaëlle. Les contrats de traduction sont de plus en plus nombreux. L'échéancier est souvent serré. Au fait, ta mère est maintenant au courant pour ce travail… Sois gentille, laisse-lui t'annoncer elle-même la nouvelle. Ne mentionne surtout pas que tu savais déjà. Je te fais confiance.

J'ai pris mon air de fille surprise et j'ai répliqué :

– Tu me fais pleinement confiance, maintenant ?

– Pas maintenant : depuis un bon moment. Tu le sais fort bien.

Vrai. Je l'avais senti quand il avait accepté sans hésitation l'idée de la fête pour maman...

En me regardant droit dans les yeux, il a mordu dans ses mots :

— Ne trompe plus jamais ma confiance, Ganaëlle. C'est trop important. C'est vital, la confiance. C'est vrai pour tout le monde, mais encore plus pour nous, immigrants, qui devons transplanter nos vieilles racines. Mieux vaut que ce soit dans le même terreau. Il faut des liens sûrs, transparents qui résistent à l'épreuve du temps.

— Des liens tricotés serré, quoi !

— Tricotés serré ? Qu'est-ce que tu veux dire ?

— C'est une expression d'ici.

— Très imagée, a-t-il commenté.

Ce fut aussi simple que ça. Aussi court que ça. Le temps de manger un yaourt et d'avaler mon chocolat chaud, papa m'avait renouvelé complètement sa confiance.

Beau fixe dans mon amitié avec Rosemarie. Elle ira à un camp musical les deux premières semaines d'août. Elle devra pratiquer tous les jours d'ici son départ, mais comme je compte travailler moi-même, ça ne change pas nos plans. Le dimanche, il est entendu que j'aide à la maison. Par contre, les samedis sont à moi... Une seule condition : dire où je vais, faire en sorte qu'on peut me joindre.

Rosemarie et moi, nous devenons de plus en plus proches. Nous parlons de ce que nous voulons faire de nos vies... et de notre vie de maintenant. Avec les secrets qu'elle contient. Pas tous, puisque je ne veux pas lui parler de Ludovic. De toute façon, il n'y a rien à dire puisqu'il ne se passe rien. Je n'ai rien appris de plus sur lui. Je me contente de regarder les photos prises avec mon téléphone le soir de la fête pour maman, et de rêver à lui.

Rosemarie, la romantique, se surprend que je ne « tombe en amour » avec personne. Elle dit que c'est n'est pas normal à mon âge. Je lui rejoue la cassette de la fille qui ne veut rien savoir des gars du secondaire, qui les trouve enfantins, égocentriques et fanfarons. Cette conversation fut un moment difficile à passer. Jamais je n'ai eu tant le goût de me confier.

En fait, cette remarque de Rosemarie, c'était un préambule pour me faire une confidence. Elle aussi a un secret : elle est amoureuse de Tarek, un réfugié syrien qui fréquentait notre école l'an dernier. Sa famille s'était installée à Ottawa en mars de notre dixième année. À son habitude, Rosemarie était allée vers Tarek comme elle était venue vers moi le jour de mon arrivée. Rosemarie, c'est l'accueil incarné, les bras ouverts, la bonté même. Tarek était un garçon taciturne. Et même après trois mois, il restait distant et mystérieux. À l'école, les copains supposaient qu'il en avait trop vu durant la guerre et dans les camps de réfugiés. Nous avions tous une idée, par les médias, de ce qui se passait en Méditerranée. Tarek, lui, ne parlait jamais de son expérience. Comme maman avec la guerre civile de son adolescence. Son sourire triste et son regard intense avaient tout de suite attiré Rosemarie.

À la fin de septembre cette année, Tarek est tombé malade, et on ne l'a plus revu en classe. Personne à l'école savait de quoi il souffrait, ou s'il avait changé tout simplement d'école à cause des retards scolaires qu'il devait surmonter.

Concernée, Rosemarie a téléphoné chez lui en octobre. Pour sauver les apparences, elle a dit agir au nom des camarades de Tarek. Comme la dame qui avait répondu au téléphone ne s'exprimait pas du tout en anglais et à peine en français, Rosemarie n'a pas saisi grand-chose de ce qu'elle disait et, embarrassée, n'a pas insisté. Elle n'a parlé à personne de son initiative.

Plus tard, avec un courage que je n'aurais jamais eu, elle s'est rendue chez Tarek. C'était déjà la fin de novembre. Le père de Tarek était présent ce jour-là. L'accueil n'a pas été très chaleureux. L'homme était méfiant, brusque, réticent, mais sa femme, devant l'amabilité de Rosemarie, a insisté pour qu'il la fasse entrer. Le père parlait français. Ils ont pu communiquer. Après bien des détours et une conversation où parfois les gestes expliquaient mieux que les mots, Rosemarie a compris que Tarek ne pouvait plus bouger, encore moins parler. Il était paralysé. Elle a retenu le mot « catatonie ».

Depuis, elle a fait des recherches et elle pense que Tarek est atteint du « syndrome de résignation ». Une étrange maladie, dont les médias ne parlent pas, qui est peu connue même des médecins. Cette condition affecte la plupart du temps des enfants de familles déplacées, bousculées par la guerre ou par des migrations forcées et répétées.

Rosemarie m'a décrit l'état de Tarek de la manière suivante :

— C'est comme si son âme n'était plus dans son corps.

Elle a demandé aux parents de Tarek la permission de le visiter. Les parents se sont dits très touchés par l'intérêt de Rosemarie et de ses camarades d'école, mais ils ont refusé. Mon amie est restée seule avec son secret… jusqu'à hier.

Après neuf longs mois, elle pense toujours à lui. C'est la musique qui les avait rapprochés. Tarek se glissait parfois dans la salle où elle répétait. Il venait l'écouter. Il lui avait dit un jour que, lorsqu'elle jouait, il n'avait plus peur.

Rosemarie m'a dit qu'elle sent la présence de Tarek quand elle pratique son instrument. Passionnée, mon amie ! Elle s'est mise en tête que si Tarek l'entendait jouer, il reviendrait à la vie normale.

Elle a de ces idées !

25

Depuis dix jours, je ne pense qu'à mon travail. Et un peu à Ludovic ! C'est tout dire. Oui, il y a dix jours, ma vie a changé. Enfin, pas toute ma vie. Disons… mon été.

Comme rien ne se concrétisait des emplois pour lesquels j'avais fait des demandes, je m'étais résignée à retourner à l'épicerie où j'avais travaillé avant Noël, cette fois dans le rôle de bouche-trou officiel, avec comme horaire les heures que les employés permanents dédaignent. Un bel été en perspective !

Le soleil descendait tristement sur ce premier jour des vacances. Ce n'était pas la joie : j'allais devoir vivre un long été en… *standby*. Je venais de texter à Rosemarie pour annuler notre sortie du samedi, car je devais prendre la caisse dès l'ouverture et je ne savais pas jusqu'à quelle heure j'aurais à travailler. Je ruminais ma déception.

Mon cell a sonné. J'ai pensé que c'était Rosemarie. Mais j'avais tout faux. C'était le responsable du camp artistique du quartier. Il m'avait interviewée quelques semaines auparavant pour un emploi de monitrice, mais c'était une autre, plus expérimentée, qui avait obtenu l'emploi. Il m'annonçait que la fille en question avait changé d'idée. Il avait gardé mes coordonnées en réserve et m'offrait de la remplacer. Je dirais même qu'il réclamait mes services. Tout un *feeling*! Je n'étais plus celle qui demandait, j'étais celle à qui on demandait! Ça vous remonte le moral d'un coup. Un gros soleil qui se lève après un mois de pluie.

Sans hésitation, j'ai accepté. Mais juste dans ma tête parce qu'il fallait que je parle à mon père, puis que je prévienne le responsable du personnel à l'épicerie. Papa n'aurait jamais approuvé que je me désiste à la sauvette. J'ai donc fait part de la bonne nouvelle à papa, puis j'ai pris mon courage à deux mains pour aller expliquer la situation à celui qui m'avait engagée à l'épicerie. Il a été super sympa et il m'a même souhaité bonne chance dans mon nouvel emploi. J'ai fait un grand OUF! et j'ai rappelé le responsable du camp de jour pour lui dire que j'acceptais le défi.

Jamais un revirement de programme m'a fait tant plaisir. Non seulement j'ai un emploi bien rémunéré pour une étudiante du secondaire, j'ai un horaire normal et toutes mes fins de semaine libres.

Une fille de dix-sept ans... et demi se sent importante.

La belle nouvelle avait un prix : un week-end bien rempli m'attendait. J'ai dû rencontrer les trois artistes responsables de ce camp des arts. *Briefings* rapido. Bourrage de crâne affolant. Et j'ai dû lire un tas de documents sur les règlements du camp. Il restait deux jours avant l'ouverture. Heureusement, les circonstances qui m'ont obligée à plonger dans toutes sortes de rivières ces dernières années, m'ont appris à nager en eau froide comme en eau chaude. J'ai réussi ma préparation express.

Le programme est formidable : théâtre, musique et arts visuels. Je vais travailler avec le groupe de huit à dix ans. En plus des activités sur place au centre communautaire, on amènera les jeunes visiter des musées et des expositions, on assistera à une répétition d'un concert et on découvrira les coulisses de deux théâtres professionnels de la ville. Les artistes du camp sont super sympathiques. Surtout Estelle, la responsable du théâtre. Elle a l'âge de ma mère et l'enthousiasme des filles de mon âge. Je suis tout excitée. Pas mal stressée aussi.

Un autre Ottawa va se révéler pour moi chaque semaine. Je vais aller fureter dans les replis de la ville...

26

On dit après la pluie le beau temps… Mais, logiquement, il en découle qu'après le beau temps, vient la pluie. Parfois l'orage.

Maman s'est retransformée en mégère. Plus je suis heureuse au travail, plus elle s'acharne. On dirait qu'elle m'en veut d'avoir trouvé un emploi avant elle. Elle s'en prend à moi, à tout ce que je dis. C'est désolant.

L'autre soir, de ma chambre, j'ai entendu papa lui reprocher ses paroles injustes à mon égard :

— Qu'est-ce que tu as, Désirée ? Ce qui sort de ta bouche a perdu son maître. En quoi Ganaëlle est-elle responsable de ta désillusion ?

— C'est à cause du travail… celui que je cherche et que je ne trouve pas.

— Donne-toi du temps.

— J'arrête de chercher. Tout cela ne sert à rien. Je renonce.

Le ton montait. Maman devenait hystérique. Elle criait à pleins poumons :

— Je ne vaux rien dans ce pays.

— On ne jette pas son arc parce qu'on revient bredouille de la chasse, Désirée.

— Si je ne trouve pas d'emploi, comment je vais l'acquérir cette expérience canadienne qu'on me réclame partout ?

Elle s'est mise à lancer des objets sur le plancher de la cuisine. Marie-Neige s'est réveillée.

— La rage et les pleurs aggravent le mal, Désirée.

Et cela a continué un long moment…

Papa est finalement monté à l'étage pour consoler la petite. J'ai fermé ma lampe de chevet. Je me sens coupable de mon bonheur. Et, d'une manière, responsable du découragement de maman. En moi, les émotions s'agitent, entrent en conflit avec ma raison. Je sens que, pour maman, je suis redevenue la fille indigne de l'hiver dernier.

Pour la première fois, j'ai glissé un mot de tout ça à Rosemarie et, là, j'ai eu une autre surprise : elle aussi vit des conflits avec sa mère. Pas aussi dramatiques, pas aussi fréquents que chez moi, non. Mais le poids des traditions de là-bas pèse sur elle aussi. Ça se laisse entendre dans les recommandations qu'elle reçoit. Ça se fait comprendre dans les remarques sur les vêtements qu'elle porte, sur sa coiffure, sur l'heure de rentrée à la maison. Ça se fait voir dans la surveillance de ses allées et venues, alors que ses frères n'ont plus, eux, de comptes à rendre depuis le début de leur secondaire.

Pourtant, les parents de mon amie sont venus ici de leur plein gré, et il y a plus de vingt ans. Ils ont des emplois stables et bien rémunérés. Il faut croire que, malgré les apparences de l'adaptation réussie, leurs racines manifestent des exigences même à l'autre bout du monde.

J'ai appris – et j'ai encore de la difficulté à y croire – qu'il a fallu une rencontre spéciale entre le professeur de violon et ses parents pour que Rosemarie ait la permission d'aller au camp musical. Et c'était en échange d'une liste de conditions. Oui… chez mon amie aussi, les habitudes de là-bas agissent encore sur la vie d'ici. Et quelque part dans notre tête et notre cœur, nous souffrons, elle et moi, de décisions prises sans nous, ailleurs, très loin d'ici.

On a discuté longtemps de tout ça. On a réfléchi aussi et on a conclu qu'il y a pire que nous… Il y a Tarek, immobilisé entre deux mondes encore irréconciliables.

27

Au travail, la première semaine fut *full* stressante. J'ai pensé que je ne tiendrais pas le coup. Trop à apprendre sur tellement de choses : de la préparation des activités à la manière de parler aux jeunes. Comment tout surveiller, discrètement mais constamment. Voir venir. Faire confiance… J'ai pris conscience de ce qu'on appelle le poids des responsabilités ! C'est un peu comme être la maman de vingt enfants huit heures par jour !

Avec un frère et une petite sœur à la maison, le monde des enfants ne m'est pas étranger. J'ai pu résister au découragement et persévérer. En fait, j'apprends autant que les jeunes. Je m'applique comme une parfaite étudiante.

Nous voici à la troisième semaine de juillet. Les vacances coulent. Je voudrais les retenir un peu. Je me sens presque une adulte quand je pars le matin vers le centre communautaire. Je me rends très tôt. J'aime marcher dans les rues du quartier quand les bruits sont encore sourds et que l'air est frais. Au Centre, je suis accueillie avec gentillesse par les autres moniteurs et monitrices. Ici, je suis une camarade de travail.

Je rentre tard en après-midi, car il y a toujours des choses à ranger ou à préparer pour le lendemain. Passer presque dix heures en dehors de chez moi, loin de ma mère, m'arrange. Maman continue d'être très difficile à vivre et plus le temps passe, plus elle durcit son attitude à mon égard. Elle m'envie. Ça la rend mesquine avec moi. Alors, j'ai résolu de rester vague sur mes journées, pour ne pas augmenter son ressentiment envers moi.

Parfois, dans ma chambre, je m'apitoie sur mon sort… Pas trop longtemps, car ça ne mène à rien de le faire. C'est une autre chose que j'ai comprise maintenant.

Zac est à son camp de soccer depuis dimanche. Hier, vendredi, papa n'est pas allé au travail : il a déposé Marie-Neige chez sa nounou et il a accompagné maman chez le médecin. Maman n'a pas soupé avec nous. Elle se reposait dans sa chambre. Papa et moi avons préparé le repas, puis couché la petite. Maman n'est pas descendue de la soirée.

Ce matin, je n'ai pas osé demander quoi que ce soit à papa sur leur sortie d'hier, même quand je me suis retrouvée seule avec lui dans la cuisine. Maman s'isolait toujours dans sa chambre. À onze heures, j'ai texté Rosemarie, j'ai vite fait ma toilette et nous sommes allées toutes les deux faire du *window shopping*… pardon, du lèche-vitrine, en rêvant de vêtements à notre goût. Puis, nous avons flâné dans un café en partageant un immense morceau de gâteau au fromage. Je suis revenue tôt. Maman était dans la cuisine. Elle n'a pas voulu que je l'aide à préparer le repas du

soir. On a mangé en silence et j'ai lu dans la cour jusqu'à ce qu'il fasse trop sombre…
    Moche.

28

Un autre samedi…

Papa est parti travailler chez M. Lalonde. Marie-Neige piaille devant le téléviseur. Maman s'active dans la cuisine. Zacharie doit revenir de son camp à midi. Je me sauve avant qu'il ne se pointe, car il m'agace de plus en plus celui-là.

On a beaucoup de temps à perdre avant le début de la représentation, Rosemarie et moi. J'ai grand besoin de me détendre, de rire. Alors, je lui propose un jeu : observer les gens dans la rue. Selon leurs attitudes, leurs comportements, les expressions de leur visage ou les paroles qu'ils prononcent, imaginer leurs pensées comme si nous écrivions dans les bulles vides d'une bande dessinée. Avec le regard de vieilles dames qui critiquent tout d'une voix pointue :

— Les gens sont de plus en plus bizarres ! Ne trouves-tu pas ?

— Et les jeunes sont de plus en plus pauvres, regarde-les…

— Tu as raison ! Ils portent des jeans percés, déchirés. Et leurs T-shirts sont transparents tellement ils ont été lavés.

— L'élégance se perd…

— Le confort ravage tout.

— Tu as vu leurs cheveux ?

— Des coupes étranges !

— Des couleurs barbares…

— Et leurs affreux sacs à dos ?

— On dirait des mules en route pour le marché !

Nos remarques me défoulent. J'y passe ma rancœur et ma frustration. Nous moquer, c'est scier les barreaux de notre cage, sans faire trop de dommages collatéraux, comme on dit au journal télévisé.

En arrivant au guichet du cinéma, nous sommes joyeuses et détendues. L'humour, ça fait du bien. Ça libère. On devrait s'en servir plus souvent.

Avec nos verres de *pop* et un immense sac de maïs soufflé arrosé de beurre, nous prenons place dans la dernière rangée pour continuer à observer les gens qui entrent.

— Laisse quelques places au bout de la rangée, suggère Rosemarie. On ne sera pas embêtées par les retardataires.

J'approuve et nous continuons pendant un moment notre petit jeu de remplissage de bulles imaginaires. Puis, les lumières s'éteignent dans la salle et les bandes annonces des films à l'affiche commencent à se dérouler.

Le film du jour débute.

Je sens quelqu'un se glisser à côté de moi dans l'ombre :

— Comme le monde est petit, chuchote une voix.

Mon cœur se détraque. Mes mains deviennent moites. Je tremble.

J'ai reconnu la voix de Ludovic.

29

Je n'aurais jamais osé imaginer un tel scénario. La réalité est parfois plus merveilleuse que le rêve. Je le sais maintenant. JE L'AI VÉCUE !

Après le cinéma, une invitation au resto. À trois… bien sûr. Mais il y a un début à tout. Nous avons parlé. De tout. Et d'un tas de petits riens qui m'ont appris beaucoup. Je connais maintenant mieux Ludovic. J'avoue que ce que j'ai découvert me plaît.

J'ai appris que le jour de la petite fête pour ma mère, il était à Ottawa parce qu'il avait eu une entrevue à l'université. Il a été accepté en maîtrise. Après un bac en *Economic Development and Living standards* (ça fait sérieux, hein ?) à l'Université McGill, il entrera à l'École de Développement international et mondialisation, en septembre, à OTTAWA. Ça vous change la vie d'une fille une annonce comme celle-là.

Aujourd'hui, il est à Ottawa pour louer un studio. Pas trop loin du campus.

— Je voulais régler ça avant que la horde des étudiants débarque en août !

Je ne peux m'empêcher d'exprimer ma surprise :

– Tu n'habiteras pas chez tes parents qui vivent à un kilomètre de l'université ?

Il rétorque aussitôt :

– Pourquoi j'habiterais chez mes parents ?

Je hausse les sourcils, étonnée.

– Moi, je n'oserais même pas rêver de cette possibilité.

Rosemarie ajoute :

– Moi, non plus. Mais mon frère Ludovic, lui, peut avoir son indépendance. C'est un gars. Si j'en demandais autant, on dirait que c'est un caprice.

– Je le paye de ma poche mon caprice, Rose. C'est pourquoi je travaille l'été.

Rosemarie grimace. Je fais bifurquer un peu le sujet de la conversation :

– Et Geoffroy, lui ?

– Il garde l'appart de Montréal. Il s'est trouvé un coloc.

Je comprends Rosemarie d'être frustrée, mais si je compare sa situation avec la mienne, tout est simple chez elle. Tout baigne dans l'huile. Pas de drames à s'écorcher vivants. Juste des égratignures.

Car à la maison, ça ne change pas avec maman. Le climat de l'hiver est revenu nous hanter en plein mois de juillet. Ludovic, Geoffroy et Rosemarie ne connaissent pas leur chance. Je trouve parfois injuste que leur grande maison bourgeoise lumineuse soit presque vide, alors que nous, nous sommes entassés dans un logement social aux pièces étroites et sombres. Je chasse vite cette ombre malsaine. Mieux vaut m'occuper du beau présent assis devant moi. J'ai un bonheur tout neuf. Je suis amoureuse de ce garçon… Et je sais que Ludovic déménagera à Ottawa à la fin d'août.

Poussée par la curiosité, j'ose une question :

— Tu es entré au cinéma par hasard ou… tu voulais nous voir ?

En fait, je veux savoir s'il est venu rejoindre sa sœur ou moi. Pourvu qu'il réponde que c'est pour moi ! Ludovic reste prudent :

— Maman m'a dit que Rose était au cinéma… avec toi.

— Ah ! tu voulais voir le film ?

Il hésite… Trois secondes d'éternité. Puis, il avoue avec franchise :

— Non. Te revoir, toi.

Rosemarie mord un sourire.

Il y a donc des avantages, pour une ado et son amie, à faire connaître leurs allées et venues à leurs parents. Ces heures-là, je ne les aurais jamais vécues si Rosemarie n'avait pas dit où nous allions à sa mère. Et les heures que je vis, je ne les oublierai jamais. Jamais.

Je flotte sur une mer étale…

30

Mon téléphone a sonné. La voix aigrie de maman lançait dans l'appareil :

— Où es-tu, toi ? Que fais-tu ? Avec qui ?

J'étais coupable. Après le cinéma, je n'avais pas téléphoné comme promis. J'étais maintenant coupable de tous les maux de la planète Terre. La voix de maman était si forte dans l'appareil que Ludovic a tout entendu. Il n'a pas posé de questions, mais il a précipité la fin du repas.

En réglant l'addition, il a cherché à me rassurer :

— Je te ramène chez toi.

Un orage menaçait. Je l'entendais déjà gronder.

Ludovic m'a laissée près de chez moi. Zacharie qui rentrait d'une partie de foot avec ses amis m'a vue sortir de l'auto. Il n'a pas remarqué que Rosemarie était, elle aussi, dans la voiture. Il est entré dans la maison en annonçant :

— J'ai vu l'amoureux de Ganaëlle… Il a une auto super.

Sans une seule question, maman a éclaté :

— Tu m'as encore menti. Tu dis que tu sors avec Rosemarie et on te surprend avec un homme qui vient d'on ne sait où.

J'ai tenté de remettre les pendules à l'heure :

– Maman… je ne me cache pas… je…

– Tais-toi. Mauvaise fille ! Menteuse !

J'ai eu beau essayer d'expliquer qu'il s'agissait du frère de Rosemarie qu'elle connaît et qu'elle a trouvé très gentil, j'ai eu beau raconter les circonstances de ma rencontre avec lui, je ne faisais qu'empirer la situation. Folle de rage, maman n'écoutait plus. Perturbée par nos cris, Marie-Neige s'est mise à hurler comme une perdue.

Ce n'était pas un orage, c'était un ouragan.

Et Zacharie ricanait.

La colère de maman devenait disproportionnée, elle la nourrissait de paroles injustes, son regard était si étrange que j'ai craint qu'elle lève la main sur moi. Je suis montée à toute vitesse à l'étage. Elle m'a sommée de descendre. Réfugiée dans mon cagibi, j'ai poussé le lit contre la porte et, en tremblant, j'ai téléphoné à papa.

Il n'a prononcé qu'un mot :

– J'arrive !

Les questions tourbillonnaient dans ma tête : « Est-ce que je dois payer le moindre bonheur d'insultes et de cris ? Pourquoi ça m'arrive à moi ? Pourquoi ma famille n'est pas normale ? Je ne veux rien d'extraordinaire. Je veux juste une vie tranquille. »

Maman doit être super malheureuse pour agir comme ça. La vie d'ici la dépasse. Malgré tous ses efforts. Parce que, je le sais, je le vois, elle s'applique… Il y a quelque chose qui ne va pas chez elle. Je la vois à la dérive sur une pirogue qui prend l'eau. Lorsque je la regarde, j'aperçois une plaie béante qui n'arrive pas à guérir et qui se met à saigner dès qu'on l'effleure.

J'ai peur. Pour moi. Pour nous.

Surtout pour elle.

Le temps coule au goutte-à-goutte.

Marie-Neige s'est endormie d'épuisement. Maman sanglote dans sa chambre.

Elle est en train de perdre pied. Je le sens. J'en veux à Papa qui n'a pas tenu compte assez vite de notre conversation sur la dépression. Il s'est laissé berner par une bonne humeur passagère. Une bonne humeur que le premier vent a soufflée. La brèche s'est rouverte. Et on dirait que la rencontre avec le médecin l'autre vendredi n'a fait qu'empirer son état. Je ne comprends plus rien.

Grand-mère… tu me manques tant.

Ce matin, dimanche, je trouve trois textes dans ma messagerie.

Le premier est de papa. Écrit la veille, très tard.

« Maman va mieux. Elle et moi sortirons demain après-midi. Nous avons besoin d'un peu de temps ensemble. Je te confie Marie-Neige et Zacharie. »

Le second est de Rosemarie qui se préoccupe de moi et demande avec son amicale discrétion :

« Ça va, toi ? »

Je réponds :

« Dois garder Z et MN. »

« Serai à la maison. Pratique violon pour le camp. Bonne journée. »

« À toi aussi. »

Le troisième message est de Ludovic : il se dit navré d'avoir été la cause d'un conflit avec ma mère. Il a apprécié notre rencontre. Il me demande à quelle heure il peut me téléphoner, demain matin. J'hésite.

Je suis super embarrassée des réactions exagérées de ma mère. J'aimerais bien confier à Ludovic le malaise que je vis. Il comprendrait, j'en suis certaine. Je pourrais compter sur lui, sur ses conseils. Mais bien trop compliquée mon histoire pour écrire ça dans un texto. Et puis, ce sont des affaires de famille, et ça doit rester dans la famille. Enfin, pour l'instant…

Et puis… Face à l'incident d'hier, je ressens une honte, si… honteuse que j'ai… honte de la partager.

Ma réponse est brève :

« Entre 8 h et 8 h 30 ? »

Trois points de suspension apparaissent sur l'écran de l'appareil.

« Génial. À demain. »

Mon cœur bat à tout rompre.

31

Voilà un mois que maman prend des médicaments. Elle cache la bouteille comme si c'était humiliant de se soigner. Je l'ai surprise à avaler une gélule rosâtre au déjeuner. Les grands changements attendus ne se manifestent pas encore. « Ce sont des médicaments qui prennent du temps à agir », m'a dit papa. Il m'a recommandé la patience.

Encore attendre, attendre... ma vie ressemble à une longue leçon de patience !

Papa est davantage présent à la maison maintenant. Il continue à travailler les soirs de semaine, mais pas les samedis. Ça me rassure.

J'adore de plus en plus mon travail. Comme je me le suis promis, je n'en parle jamais chez moi. Je me contente de jouir de la liberté qu'il me donne. Je cultive comme une fleur rare ce sentiment de devenir une jeune femme que me donnent mes conversations du matin avec Ludovic. Sa voix m'accompagne jusqu'au centre communautaire et, tout au long du parcours, j'entends les bruits de Montréal quand il marche vers son travail.

J'aime Ludovic, sa manière de voir la vie et les gens. Il sait où il veut aller. Et ça me fait du bien de savoir que des garçons comme lui existent. J'aurai à prendre, dans les mois qui viennent, des décisions qui vont influer sur toute ma vie. Je pourrai en discuter avec lui.

Rosemarie se prépare à partir pour le camp musical. Elle m'en parlait avec enthousiasme depuis la fin des cours, mais on dirait que maintenant, à mesure que la date approche, ça l'énerve plus que ça l'attire.

Elle m'a confié que ce n'était pas le camp lui-même qui la rendait anxieuse. C'est s'éloigner d'Ottawa. Elle a un autre secret… qui est au fond le même…

Je m'explique.

Contrairement à ce que j'avais compris, Rose a continué de téléphoner aux parents de Tarek, en espaçant ses appels. Mais elle a persévéré. La mère de Tarek, qui suit des cours de langue, peut mieux communiquer maintenant. Un jour, Rose a mentionné qu'elle jouait du violon. Yara (c'est le prénom de la mère de Tarek) a soudain changé d'attitude. De réservée, elle est devenue franchement amicale avec Rosemarie : Tarek lui avait parlé d'une camarade de classe qu'il aimait beaucoup et qui jouait de cet instrument. Une complicité s'est installée entre elles depuis cette conversation. Rosemarie passe prendre des nouvelles de Tarek chaque semaine.

En fait, ce ne sont pas vraiment des nouvelles. Tarek est toujours dans le même état.

Au début des vacances, Yara a permis à Rosemarie d'entrer dans la chambre de Tarek.

Il avait l'air de dormir…

Quelques jours plus tard, elle est retournée. Les parents de Tarek étaient tous deux à la maison et elle leur a remis un article écrit par un médecin suédois sur le syndrome de résignation. Elle leur a dit que les épreuves qu'a connues Tarek pourraient avoir déclenché l'étrange état dans lequel il se trouve.

Rosemarie m'a raconté :

– Cette fois-là, Hamad, le père de Tarek, m'a révélé un tas de choses. En pleurant.

Après avoir fui leur ville détruite par la guerre, être passée d'un camp de réfugiés à l'autre pendant deux ans, la famille était à bout. Lélia, la jeune sœur de Tarek, est tombée malade. Le père devenait très impatient. Il a décidé de ne plus attendre les résultats des démarches officielles et de traverser la Turquie pour aller vers l'Europe. Dans un village de pêcheurs, ils ont trouvé un passeur : la barque faite pour huit personnes a pris vingt réfugiés. Un passage risqué en Méditerranée. Durant le voyage, Tarek a vu se noyer une mère et ses deux jeunes enfants. Il a cessé de parler durant trois jours. De l'île de Kos, en Grèce, la famille a pris la route du nord, vers la Macédoine. C'est en suivant les rails de chemin de fer qu'ils sont parvenus en Serbie. L'accueil des pays de cette région s'était resserré entre-temps. Avec un petit groupe d'audacieux, ils se sont échappés du camp où on les retenait et ils sont partis à la recherche d'un pays qui leur ouvrirait ses portes.

La santé de Lélia avait continué de se dégrader et elle est morte une nuit. Tarek et ses parents en ont été terriblement affectés. Mais il fallait continuer. À pied ou en bus selon les circonstances et les prix exigés, ils ont franchi la frontière hongroise et pris le train vers l'Autriche, puis vers l'Allemagne. De là, ils ont demandé l'asile au Canada. Les papiers ont été très longs à venir, mais la famille a reçu son statut de réfugiés et a pu venir ici. Plus tard, ils ont fait une demande de résidence permanente. Rempli d'autres papiers, et attendu. Encore et encore. Leur éprouvante et terrible aventure les a minés et les a rendus angoissés et terriblement méfiants. Les mois passant, Hamad s'est mis en tête que lui et sa famille étaient en danger d'être renvoyés dans leur pays d'origine. Il croit que ce silence veut dire qu'on va les expulser. Il angoisse.

— C'est horrible ! ajoute Rosemarie. Yara se met à trembler dès qu'elle parle de cette possibilité. Elle et Hamad n'ont personne ici… Pas même un lointain cousin.

Je suis complètement bouleversée par ce récit.

— Ganaëlle, c'est possible d'expulser une famille qui a son statut de réfugié ?

— Je ne sais pas. On entend tellement de choses dans les médias.

L'immigration de ma famille a été bien douce malgré les angoisses vécues et les soubresauts de notre adaptation à la vie d'ici. J'ai l'impression de me plaindre pour rien.

— Qu'est-ce qu'on pourrait faire pour eux, Rosemarie ?

Mon amie a une idée : aller jouer du violon sous la fenêtre de Tarek.

Elle est convaincue que si Tarek entendait le son de son violon, il reviendrait à la conscience. Je la trouve un peu candide, mon amie. Mais parce que c'est mon amie, je lui ai promis de l'accompagner le jour où elle décidera de mettre son projet à exécution.

Dimanche prochain, la mère de Rosemarie la conduira au camp musical. C'est à trois heures de route d'Ottawa, dans la région de Joliette au Québec. Elle m'a invitée à l'accompagner. Mais, chez moi, les dimanches appartiennent à la famille. Rite sacré...

Encore une permission à demander. Je crains la réponse.

Courage, Ganaëlle... courage.

Permission accordée.

J'ai pu aller avec Rosemarie et sa mère. Un court voyage qui m'a ouvert les yeux sur de nouveaux paysages.

Nous avions la journée parfaite : une brise, un doux soleil et la tranquillité des chemins de campagne. J'ai découvert de bien jolis coins : des routes sous les arbres, des lacs qui apparaissaient au tournant d'un village, des collines rondes et vertes qui ressemblaient à celles de là-bas.

Le camp est rustique. Plus près du camping que de la vie d'hôtel. J'ai eu soudain le goût d'apprendre un instrument de musique pour passer deux semaines dans une nature si belle.

Aussitôt Rosemarie installée dans sa chambrette, sa mère et moi sommes reparties. C'était la première fois que je passais du temps seule avec la mère de Rose. Elle m'avait toujours parue assez distante, mais je pense maintenant que j'ai pris pour de la froideur ce qui n'était probablement que du manque de temps. Elle a toujours beaucoup de travail. Dimanche, elle était détendue et elle m'a posé un tas de questions. Sur moi, ma famille, mes projets d'études. Elle m'a même dit que j'avais une bonne influence sur sa fille, ce qui m'a fait plaisir.

Nous sommes arrêtées dans un restaurant, près de Lachute. Il se faisait tard. J'ai appelé papa pour le prévenir de mon retard. La mère de Rosemarie lui a parlé. Juste quelques mots comme si elle voulait le rassurer.

Le service était lent. Nous avons pu parler beaucoup durant le repas. Ce fut mon tour de poser toutes sortes de questions. Sur son travail et sur sa belle maison. Elle a ri de mes remarques…

Nous sommes rentrées au coucher du soleil. J'avais plein de textos sur mon téléphone. Un de Rosemarie et TROIS de Ludovic.

32

Je n'ai sans doute pas trop déplu à la famille Angloma, car j'ai été invitée au souper de retour de Rosemarie. Je vais revoir Ludovic. C'est lui qui ira chercher sa sœur. Il a quitté Montréal pour assister au concert de clôture du camp à treize heures. Ils seront de retour à Ottawa vers dix-sept heures.

Je les attends dans le calme feutré de leur maison de briques. C'est grand, c'est confortable. J'admire les meubles, les tableaux, les fleurs coupées, les beaux vases. C'est tellement différent de chez nous.

C'est au tour de M. Angloma de me poser des questions. Sur mon père, ce qu'il fait ici, ce qu'il faisait là-bas. Sur ma mère et son travail. Je réponds simplement. En toute confiance. Je ne me sens pas jugée. Ces gens sont affables.

J'ai aidé à mettre la table. Nous attendons toujours.

Le téléphone de la maison sonne. Je prête discrètement l'oreille. C'est Geoffroy qui appelle comme tous les samedis du parc Algonquin. Son père consulte sa montre, puis écourte la conversation. Il est presque dix-huit heures et nous attendons toujours l'arrivée de Rosemarie et Ludovic.

La nervosité monte d'un cran dans la maison si calme.

Déjà dix-neuf heures. Pas de nouvelles. Ni de Ludovic ni de Rosemarie. Le plus énervant : pas de communication possible avec leur cellulaire. Mes textos répétés restent sans réponse.

— Ils devraient être là d'une minute à l'autre, me dit monsieur pour se rassurer lui-même, je pense.

Dix-neuf heures trente. Le téléphone sonne. Madame saute sur l'appareil. C'est Rosemarie. Elle appelle de l'hôpital de Saint-Jérôme. Ils ont eu un accident. Mon amie n'est pas blessée, elle, mais Ludovic a été hospitalisé.

— Puis ? demande monsieur, impatient.

Mme Angloma est dans tous ses états.

— Pas de détails. Rien que des réponses floues. Trop floues. J'ai une très mauvaise intuition, lance-t-elle à son mari.

Je reçois la nouvelle comme un coup dans la poitrine. Je me retiens de laisser voir mes sentiments. Mon inquiétude a dû paraître sur mon visage, car madame s'empresse d'ajouter :

— Rassure-toi, Ganaëlle, Rosemarie va bien.

Je suis heureuse pour mon amie qu'elle ne soit pas blessée, mais c'est de Ludovic que je me préoccupe follement. J'espère de tout cœur qu'ils vont m'offrir d'aller à Saint-Jérôme avec eux.

J'attends.

Ils courent dans la maison pour ramasser sac à main, clés et cellulaires. En silence, je les supplie de me prendre avec eux. Je me sens défaillir.

Je sors en même temps qu'eux et leur souhaite poliment bonne route. Ils partent à toute vitesse. Leur voiture disparaît au tournant de la rue.

Seule sur le trottoir, je ne peux plus me retenir de pleurer. La digue a été rompue. Je verse toutes les larmes de mon corps.

Comme c'est difficile de grandir…

Je me suis arrêtée dans le parc près du centre communautaire. Pas question de rentrer à la maison dans cet état. J'aurais trop d'explications à donner.

Je texte une fois encore à Rosemarie. Au cas où… Rien.

Je patiente dix minutes. Toujours rien.

Je suis folle de Ludovic Angloma. Un garçon formidable de vingt-deux ans. Et ce Ludovic est peut-être entre la vie et la mort. À qui crier mon angoisse ?

Grand-mère. Grand-mère. Comme j'aimerais que tu sois là.

Malgré le soleil encore au-dessus de l'horizon, tout semble sombre autour de moi.

Des enfants s'amènent au parc. Ils rient. Ils courent. Ils crient. Je reconnais parmi eux des copains de Zacharie. Pas question qu'ils me voient.

Je dois rentrer.

Je sèche mes yeux. Je lève la tête. Je joue la forte. Par discrétion, par indépendance, par fierté. Exactement comme le fait maman !

33

Les vacances scolaires s'essoufflent. Tout recommence la semaine prochaine. J'ai hâte. Oui, hâte d'entamer cette dernière année de mon secondaire.

J'ai croisé Émilie dans la rue, elle aussi a hâte à la rentrée. Mais pas nécessairement pour les études : c'est pour voir son Olivier tous les jours. Ils ont été séparés tout juillet, car il a passé un mois chez ses grands-parents à la baie Georgienne. J'ai rencontré Jennifer chez le dépanneur ; elle a d'abord fait semblant de ne pas me voir. Je suis allée vers elle. Elle a dû me faire face. Elle jubilait de m'annoncer qu'elle ne revenait pas à l'école. Elle considère que l'école, « c'est pas une vie ! ». Elle préfère travailler pour avoir de l'argent et profiter du moment présent. La voici vendeuse dans une grande surface. Quand je lui ai dit que, moi, je voulais faire ma douzième année pour être admise à l'université, elle a grimacé. Arlette m'a téléphoné. Elle avait besoin de parler à quelqu'un qu'elle m'a dit. La raison ? Ses parents divorcent. Sa vie bascule. Elle ira vivre en condo avec sa mère à l'autre bout de la ville. Elle fréquentera une école quelque part à Kanata.

Toutes ces rencontres m'ont donné l'impression qu'une année entière s'était écoulée en deux mois.

C'est peut-être aussi que j'ai beaucoup changé au cours de l'été.

Ludovic ? Il va bien. Tout est maintenant rentré dans l'ordre.

Je suis restée comme figée pendant trois jours. Je ne pouvais parler à personne de ce qui me tourmentait. Et lui n'avait plus de cellulaire. Ses blessures physiques étaient mineures. Mais les médecins voulaient s'assurer qu'il n'y avait pas eu de commotion cérébrale : il a dû passer des examens et rester en observation jusqu'au lundi après-midi.

Rosemarie et ses parents sont demeurés à Saint-Jérôme tout ce temps-là. Ils auraient préféré ramener Ludovic à Ottawa, mais ils l'ont finalement déposé chez lui à Montréal parce qu'il insistait pour rentrer à son appartement. Il a promis de suivre les recommandations du médecin et de se reposer toute la semaine. Il lui restera ensuite une seule semaine de travail.

Sa voiture est en réparation… et il doit aujourd'hui s'acheter un nouveau téléphone.

J'ai hâte…

C'était le dernier jour du camp de jour. Des jeunes m'ont fait des cartes, d'autres m'ont offert de petits cadeaux. J'ai du savon pour une année. Du chocolat jusqu'à Noël prochain.

Toute l'équipe doit participer à un débriefing demain, samedi. C'est très important, car j'aimerais travailler ici l'été prochain et je tiens à bien faire jusqu'au bout. Je suis rentrée un peu plus tard qu'à l'habitude. Maman avait préparé un repas spécial. Celui des fêtes !

– Qu'est-ce qu'on célèbre ?

Ma petite question a déclenché, coup sur coup, deux grandes annonces.

Maman a trouvé un emploi. Du temps partiel, mais avec possibilité de temps plein dans trois mois. Hôtesse dans un restaurant. Ce n'est pas l'emploi dont elle rêvait, loin de là. Elle a accepté, c'est l'essentiel. Elle travaillera les jeudis, vendredis et samedis. Bien loin d'être l'idéal pour une mère de famille.

– J'aurai l'expérience canadienne. Cette expérience canadienne qui change toute la vie de l'immigrante !

L'autre nouvelle ?

Papa a acheté une auto. Pas neuve, mais pas trop vieille non plus. Nous sommes tous allés dans la rue derrière la cour pour examiner l'acquisition.

– Demain, nous ferons notre premier voyage en famille. Nous irons à Montréal.

Tout le monde crie de joie. Sauf moi.

– Pourquoi cette tête ? Qu'est-ce qu'il y a encore avec toi, Ganaëlle ? déplore maman.

– Demain, je ne peux pas.

– Explique-toi, ordonne papa.

– Je travaille.

– Un samedi ?

– C'est la séance de débriefing. C'est super important.

Maman prend sa voix des mauvais jours :

– Les vacances sont finies, ça ne sert à rien que tu retournes.

Maman ne prend pas mon objection au sérieux. Alors, je m'exprime avec détermination :

– Je tiens à ma réputation, maman. J'aime ce travail. J'aimerais être engagée encore l'été prochain. Peut-être même qu'on me donnera un poste plus important puisque j'aurai de l'expérience.

Ma mère n'est nullement convaincue :

– Tu trouveras ailleurs.

– Et qui me donnera de bonnes recommandations ?

Papa prend rapidement les choses en mains avant que ça ne dégénère.

– Nous irons à Montréal sans Ganaëlle. Voilà tout.

– Tu n'es pas sérieux, Toussaint, que vont dire les voisines ?

Papa se rebiffe :

– L'attitude de notre fille est celle d'une personne responsable. Elle a toute ma confiance.

Maman rentre brusquement dans la maison. Bon… encore une fois, c'est le brouillage des ondes familiales. Nous restons muets dans la cour. Je sens que papa est très contrarié.

Soudain, maman crie :

– Zac et Ganaëlle, venez prendre ce qu'il faut pour le repas.

Nous nous regardons, sceptiques. Maman n'est pas en colère.

– Toi, Toussaint, viens chercher la bière. Ce soir, on fête.

Je regarde papa. Il sourit.

Les médicaments, l'emploi et le petit voyage en auto… tout ça semble un cocktail bénéfique.

34

C'est vivifiant de retrouver les copains et les copines. Mes camarades de route. Ceux et celles qui vont terminer avec moi leur secondaire. Un moment important de notre vie. De ma vie. On est tous super excités. On parle de notre été, on rit pour rien.

Au milieu de tout ce brouhaha, je pense à Ludovic qui doit être en train de repeindre son studio. Il m'a consultée pour la couleur. Il trouve que j'ai du goût. Ça fait du bien de se faire dire des choses de ce genre. Il est bien le studio que Ludovic a loué. Mes parents ignorent que je l'ai visité. Je vais leur dire. Mais… Il existe un temps pour chaque chose.

À l'école, après un avant-midi de retrouvailles et d'organisation, nous avons été libérés. Les profs doivent se rencontrer.

Rosemarie me surprend par une invitation à luncher :

— Viens, j'ai des sous. Que dirais-tu d'une pizza ?

Nous marchons à son casier.

— Ça, c'est pour après… qu'elle me dit en m'indiquant son étui de violon debout au fond du casier.

Je comprends que c'est le grand jour.

– La journée parfaite pour un petit concert.

Malgré ma promesse, j'hésite un instant. J'aurais pu rencontrer Ludovic…

Rosemarie insiste :

– J'aimerais que tu sois près de moi.

Ça ne se refuse pas. L'amitié a ses privilèges et, aussi, ses devoirs.

Dans un silence presque religieux, nous marchons vers notre destination. Les arbres jettent des ombres dansantes sur le trottoir de la rue Clarence. Je sens un malaise par rapport à l'idée de mon amie. Quelque chose qui ressemble à de la peur. La peur du ridicule ? La peur d'être chassée ? La peur d'être prise en flagrant délit d'atteinte à la vie privée d'une famille ? Rien de tout ça ne semble atteindre Rosemarie qui avance d'un pas décidé.

Elle m'indique discrètement une maison basse, décrépie, de l'autre côté de la rue. Et, à l'étage, une lucarne dont le pignon timide pointe sans espoir.

Elle sort son téléphone et fait un appel. La conversation est brève. Une silhouette paraît à la fenêtre près de l'entrée. Trois longues minutes s'écoulent et la lucarne s'ouvre là-haut. Rosemarie a tout organisé et tout prévu.

Nous traversons la rue. Sous un chêne énorme, la violoniste sort son instrument et l'accorde. Je m'appuie le dos à l'arbre pour trouver un soutien. Ou un refuge.

Le silence de l'après-midi est rompu : Rosemarie entame un arrangement du Concerto de Mendelssohn. Une pièce qu'elle adore et que Tarek avait déjà entendue à l'école. Je la vois se transformer à chaque note. La musique l'emporte bien loin de la rue Clarence, du vieux quartier et de la ville entière. Mon amie est devenue une autre. Elle s'accroche à son violon comme si la vie de Tarek en dépendait. Comme si elle tentait de lui donner un souffle nouveau, un espoir, une raison de revenir à lui, à nous, pour qu'il sorte de cette espèce de mort où il s'est réfugié. L'encens de la mélodie monte jusqu'à la lucarne de l'étage.

Une jeune mère qui promène son enfant s'immobilise de l'autre côté de la rue. Elle écoute, le regard tourné dans notre direction. La musique voltige, flotte dans l'air du jour. Un geai se pose sur la pointe de la corniche. Dans la rue Clarence, en cet après-midi de la fin d'août, la musique d'un violon danse, pleure, chante, puis s'amenuise. La dernière note reste suspendue aux branches du chêne.

Là-haut, la mère de Tarek essuie ses larmes derrière le rideau de voile blanc.

— Tu crois qu'il s'éveillera… ton prince au bois dormant ?

Rosemarie n'a pas relevé le sarcasme qui rampe sous ma question.

— La musique peut faire des miracles, Ganaëlle.

— Je le souhaite. Pour Tarek. Pour ses parents. Pour toi aussi.

— Je reviendrai… chaque jour si c'est ça que ça prend, qu'elle répond avec la foi passionnée dont elle est capable.

Moi, je n'ose croire au miracle. Mais pas question de décourager mon amie. Je n'ai pas le droit de semer le doute en elle :

– C'était très beau, Rose. Tu es une grande artiste. Alors, pourquoi ne serais-tu pas aussi une grande magicienne ?

35

C'est vendredi soir, je sors avec ma mère. Cette sortie, c'est son idée. C'est elle qui a choisi le restaurant – un resto italien de la Petite Italie – et elle a commandé du vin. J'ai dévoré un plat de fettucini Alfredo, elle, un osso bucco.

Septembre va bientôt prendre fin. Nous sommes attablées à la terrasse. À l'abri du vent. Après une journée chaude, le temps commence à fraîchir.

Maman glisse sur ses épaules le châle qu'elle a apporté. Moi, j'enroule autour de mon cou le foulard chiffonné que j'ai gardé dans mon sac à dos. Pour la première fois, nous avons goûté un tiramisu. Une savoureuse découverte.

Nous parlons de banalités. Du lit qu'il faudrait acheter pour Marie-Neige. De Zac qui grandit comme une mauvaise herbe. De mes cheveux qu'elle préfère tressés comme en ce moment. Nous parlons de petits riens qui disent que nous nous sentons bien l'une avec l'autre.

Une sortie mère-fille. Agréable. Détendue. Comme j'en ai si longtemps rêvé.

Maman commande un second café. À la dérobée, je la regarde. Elle se croit bien vieille, maman. Elle a mal avalé son quarantième anniversaire de naissance. Moi, je la trouve très belle quand elle est apaisée, comme ce soir. Quand elle échange un sourire complice avec moi ou qu'elle m'indique, en arquant les sourcils, de regarder un passant ou d'écouter ce qui se dit à la table voisine.

Je reconnais de plus en plus maintenant la mère que j'avais là-bas. Oui, maman prend du mieux. Et je me sens mieux, moi aussi. Nous nous sentons tous mieux et plus calmes.

Le jeune serveur revient avec la cafetière. Il remplit nos tasses. À ras bord. On ne pourra porter ces tasses à nos lèvres sans risque! Beaucoup trop remplies! On se regarde et dès qu'il tourne le dos, on se mord les lèvres pour effacer nos sourires moqueurs.

Soudain, maman devient terriblement sérieuse. La bouche pincée, elle me fixe.

Le vent aurait-il tourné?

– Ganaëlle, ma fille, je sais que j'ai été très dure avec toi.

Je ne m'attendais pas à ce qu'elle aborde de front le sujet que, moi, je cherchais à tout prix à éviter :

– Mais… non… mais non…

Je bégaie : il ne faut pas gâcher cette soirée.

– Ne me prends pas pour une inconsciente. De toute manière, ton père m'a dit jusqu'à quel point j'ai pu être injuste, te blesser, te faire mal.

Mes yeux s'emplissent d'eau. Je les sèche à la hâte avec un coin de mon foulard. Elle a baissé la tête comme pour rassembler ses idées, choisir ses mots et là, d'un coup, sans prévenir, c'est en anglais qu'elle continue :

— *I am sorry, Ganaëlle. Terribly, terribly sorry.*

On dirait que parler dans une autre langue lui permet de se révéler sans gêne, que ça la protège en assurant une distance entre la femme qu'elle est ce soir et la femme qui vivait il n'y a pas si longtemps entre ici et là-bas.

Graduellement, elle revient au français. Elle m'explique que son travail actuel, elle le considère temporaire. Elle a renoncé à chercher un emploi qui ressemble à celui qu'elle occupait là-bas. Elle pense à une autre voie : travailleuse sociale. Elle veut aider les gens. Les immigrantes surtout qui, comme elle, ne savent pas mettre les mots sur leurs maux. Par ignorance, par peur, par honte. Une honte de là-bas qui n'a pas sa place ici. Et qui fait que ces femmes partent parfois à la dérive.

Je suis ravie :

— Tu vas retourner aux études ?

— Il le faudra bien.

— Ça veut dire que l'an prochain on fréquentera l'université en même temps ! Génial !

Je regarde ma mère avec d'autres yeux tout à coup. Je me sens prise d'une immense admiration pour elle.

Mais, son visage est devenu triste :

— Mes études prendront des années.

— Tu es jeune, maman.

— Je suis si fatiguée, Ganaëlle. On brûle beaucoup d'énergie à rager, à angoisser, à chercher son chemin, à tout recommencer.

— Je sais…

Un moment de gêne se glisse entre nous. Des images rebondissent, des cris et des insultes me reviennent en mémoire.

Alors, pour oublier tout ce passé turbulent, je me lance et lui parle de Ludovic. Ses traits se crispent. Je m'y attendais.

— Tu dis vingt-deux ans ? Il est trop vieux pour toi, ce garçon. Déjà à l'université, en maîtrise, tu dis… mais tu n'as même pas fini le secondaire !

J'ai préparé ma réplique depuis un certain temps déjà :

— Quand tu avais dix-sept ans, maman, papa en avait vingt-quatre, lui.

Maman me regarde, étonnée de mes calculs. « Touché. »

Elle se ravise brusquement :

— D'accord ! Puisqu'il vit maintenant à Ottawa, invite-le pour l'Action de grâces.

— Maman, on n'a jamais fêté l'Action de grâces à la maison.

— Il faut bien commencer un jour. C'est une belle fête. Dire merci ne fait de mal à personne. Il faut bien apprendre à fêter comme les Canadiens puisque c'est ici qu'on vit maintenant.

Ma mère a vraiment changé.

Le serveur a déposé l'addition près de maman qui a fièrement tendu sa carte de crédit.

Nous sommes retournées à l'auto et nous sommes rentrées dans un silence paisible. Rassurant. Plein de douce affection.

Il est tard.

Dans ma chambre cagibi, je cherche mon cellulaire pour texter l'essentiel de ma soirée à Ludovic : pas trouvable, l'appareil. Je sens que je vais paniquer. Tout à coup, je l'entends résonner sous une pile de vêtements.

C'est Rosemarie. Elle pleure, elle bégaie, j'ai peine à la comprendre. Je crains un drame.

– Parle plus lentement… je te comprends à moitié.

Elle se calme un peu. Je parviens à saisir ce qu'elle raconte :

– Tarek s'est éveillé.

Mon amie continue, tout excitée :

– Et puis, ce n'est pas tout.

– Quoi d'autre ?

– Ils ont reçu hier leur résidence permanente. Ils étaient tellement fous de joie, qu'ils se sont mis à crier la bonne nouvelle dans toute la maison.

Rosemarie s'arrête sec et demande, suppliante :

– Tu crois que Tarek a entendu ma musique l'autre jour ?

Il est important que je la rassure :

– Sans doute, Rosemarie. Ta musique est magique.

Et j'ai gardé pour moi la pensée que Tarek avait peut-être aussi pris conscience de la bonne nouvelle reçue par ses parents !

Épilogue

J'ai relu les cahiers à spirale dans lesquels je déversais mes pensées quand j'avais seize et dix-sept ans.

Un retour en arrière qui m'a fait apprécier le chemin parcouru en trois ans.

Ce n'est jamais facile d'être le bourgeon d'un arbre déraciné, mais comme l'espérait papa, nous avons su rester solidaires au-delà de nos déchirements et de nos incompréhensions. Comme disent les anciens de là-bas : « Là où on s'aime, il ne fait jamais nuit. » En même temps que Maman et Zacharie, j'ai obtenu la citoyenneté canadienne. Maman et moi devions passer l'examen écrit. Nous étions super stressées toutes les deux. Même les examens à l'université ne me stressent pas autant. Les questions de ce test ne sont pas banales. Même pour des Canadiens et des Canadiennes de naissance ce ne serait pas évident. Combien pourraient expliquer ce qu'est un gouvernement responsable ? Qui connaît Louis-Hyppolyte Lafontaine ? Et qui sait dans quel secteur travaillent 75 % des Canadiens ?

Je suis maintenant Canadienne et cette pensée m'émeut.

Il y a quelques mois, nous avons quitté les logements sociaux où nous étions tellement à l'étroit. Et c'est en faisant mes valises pour le déménagement que j'ai retrouvé mes cahiers.

Je les avais glissés dans un sac avec des magazines de mode, ceux que j'achetais pour rêver un peu et oublier mes frustrations.

Nous habitons maintenant un bungalow avec une vraie cour, des arbres et du gazon. Nous avons chacun notre chambre. Papa a quitté l'école de langues et s'est associé avec son ami traducteur. La compagnie s'est installée dans un petit bureau à Vanier. L'entreprise reste modeste, mais elle a bonne réputation et le travail ne manque jamais.

Maman a tenu parole : elle est retournée aux études. En travail social, comme elle l'avait décidé. Comme elle ne peut se permettre que du temps partiel, ce sera long pour elle. Elle le savait. Elle persévère. Même quand il y a des jours plus difficiles que d'autres...

Zacharie met le sport au centre de sa vie. Il est en septième et n'arrête pas de grandir. Il commence à regarder les filles et il se donne un *look* ravageur. Marie-Neige est entrée à l'école. Elle est curieuse de tout et pleine d'énergie.

J'ai gardé peu de contacts avec les copains et les copines du secondaire. Je croise Émilie et Olivier dans les couloirs de l'université. Jamais ensemble. Les amoureux du secondaire ont repris chacun leur route. Aucune nouvelle des autres. Sauf Arlette avec qui je suis amie Facebook mais, je l'admets à regret, nous ne partageons plus grand-chose.

Geoffroy terminera en génie à McGill au printemps. Rosemarie étudie en musique à Vincent d'Indy, à Montréal. À cause de la distance, on se voit peu, elle et moi, mais on converse fréquemment par FaceTime. Je pense qu'elle est amoureuse. Mademoiselle la secrète ne m'a encore rien confié, mais comme elle me parle très souvent d'un certain Stanislas, j'ai tiré mes propres conclusions.

Tarek fait de nouveau confiance à la vie. Lui et Rosemarie sont restés de très bons amis. Ils auront toujours, je crois, une relation privilégiée.

Moi, je poursuis un baccalauréat en développement international. Ludovic, lui, a commencé un doctorat en droit international, ici à Ottawa. Mes parents l'apprécient, Zacharie l'a adopté comme grand frère et Marie-Neige s'amuse à le charmer.

C'est du sérieux, Ludovic et moi. Nous avons plein de projets que nous voulons vivre ensemble. Nous étudions dans des domaines connexes, alors nous aimerions séjourner en Afrique. Y travailler un temps. Pas question de retour aux origines. Je parle de séjourner assez longtemps pour faire le pont entre le passé de nos parents et notre avenir à nous...

Boucler la boucle, quoi !

La vie continue. Avec ses hauts et ses bas. Ses jours ensoleillés et ses jours sombres. Je sais mieux qui je suis maintenant. Je sais qui je veux être. Et je travaille dur à le devenir.

Je pense très souvent à grand-mère. J'aimerais tant lui présenter Ludovic et Rosemarie. J'aimerais aussi qu'elle puisse lire mon journal débridé. J'aimerais qu'elle connaisse les détails de ces années turbulentes. Elle serait, je pense, très fière de moi et de qui je suis devenue.

L'arbre déraciné a retrouvé son équilibre. Il s'est inventé de nouvelles racines. Encore ténues. Encore fragiles. Mais bien vivantes. Et les bourgeons de l'arbre transplanté, eux, s'épanouissent avec vigueur, entre soleil et pluie, dans le sol d'ici.

Remerciements

Du fond du cœur, je veux remercier Santa Kelsey Iradukunda pour nos échanges inspirants, pour le temps qu'elle a passé à lire ce roman ainsi que pour ses commentaires précis, justes et… indulgents.

Merci à Guy Archambault, lecteur du premier jet de ce roman, dont les remarques m'ont encouragée à poursuivre mon travail.

Merci aussi à tous ces gens venus de « là-bas » que j'ai côtoyés au cours de ma vie : voisins, collègues ou amis. Près d'eux, j'ai pris conscience des profondes difficultés d'une intégration réussie à un pays d'adoption et j'ai pu constater le courage, la détermination et la résilience que cela exige. Pour eux, et pour leurs enfants.

À propos de l'auteure

Michèle Matteau est née au Québec, il y a... un bon bout de temps ! Elle a vécu aussi en France, en Colombie britannique, en Nouvelle-Écosse et c'est à Ottawa qu'elle réside depuis 1985. Elle a mené – souvent de front – plusieurs carrières : pédagogue, journaliste, maman, recherchiste pour la télévision, scénariste pour des documentaires ou des séries télé, rédactrice pour des institutions culturelles et éducatives.

Le père de Michèle enseignait et faisait du journalisme. Pendant quelques années, il a tenu une chronique dans le journal régional. Il y décrivait, avec verve et humour, des incidents réellement survenus dans la région, mais transposés dans un village fictif où des personnages un peu caricaturés s'agitaient au milieu des problèmes qu'ils avaient créés par leur ignorance, leur volonté de pouvoir ou leur indifférence.

Michèle était témoin de séances d'écriture où son père dictait à sa mère le récit qui jaillissait de son imagination. Elle écoutait sa mère souligner une faiblesse du texte et insister pour remplacer une phrase ou un mot par un terme plus juste, mieux susceptible d'étayer le récit. Elle se réjouissait de leur satisfaction et de leurs rires quand l'article prenait forme. Ce travail de création la fascinait.

À neuf ans, elle a tenté de les imiter... Elle a commencé à exprimer ses émotions dans de courts poèmes et à forger des histoires amusantes à partir des tribulations familiales. Écrire est rapidement devenu pour elle un besoin. Et il en est toujours ainsi.

Depuis 2000, elle a publié sept romans pour adultes, deux recueils de poésie, un recueil de nouvelles et une pièce de théâtre. Plusieurs de ses œuvres ont mérité des prix littéraires.

Il y a une dizaine d'années, l'idée de ce roman s'est imposée au cours d'une recherche pour un travail sur l'immigration. L'immigration est un thème riche, qui touche aux valeurs profondes de l'être humain. Mais la plupart du temps, on parle de ce que vivent les adultes. Pourtant, ils ne sont pas les seuls à vivre la transplantation dans un nouveau pays. Leurs enfants la vivent aussi. Ceux-ci ne font pas partie de la décision de quitter « là-bas », ils ne font que suivre leurs parents. Mais une fois « ici » ils doivent s'habituer, et vite, à d'autres manières de vivre. À quoi ressemble cette adaptation ?

Entre ici et là-bas donne la parole à Ganaëlle qui raconte avec franchise les difficultés qu'elle traverse pendant une année charnière de sa vie d'adolescente.

14/18

Collection dirigée par Renée Joyal

BÉLANGER, Pierre-Luc
24 heures de liberté, 2013.
Ski, Blanche et avalanche, 2015.
Disparue chez les Mayas, 2017.
L'Odyssée des neiges, 2018.

CANCIANI, Katia
178 secondes, 2015.

DUBOIS, Gilles
Nanuktalva, 2016.

FORAND, Claude
Ainsi parle le Saigneur, 2007.
On fait quoi avec le cadavre ? (nouvelles), 2009.
Un moine trop bavard, 2011.
Le député décapité, 2014.
Cadavres à la sauce chinoise, 2016.
Le pire vampire, 2019.

LAFRAMBOISE, Michèle
Le projet Ithuriel, 2012.

LAROCQUE, Jean-Claude et Denis SAUVÉ
Étienne Brûlé. Le fils de Champlain (Tome 1), 2010.
Étienne Brûlé. Le fils des Hurons (Tome 2), 2010.
Étienne Brûlé. Le fils sacrifié (Tome 3), 2011.
John et le Règlement 17, 2014.

MALLET-PARENT, Jocelyne
Le silence de la Restigouche, 2014.

MARCHILDON, Daniel
La première guerre de Toronto, 2010.
Otages de la nature, 2018.

MATTEAU, Michèle
Entre ici et là-bas, 2019.

MUIR, Mathieu

L'ère de l'Expansion, 2019.

OLSEN, Karen

Élise et Beethoven, 2014.
La rançon d'Atahualpa, 2018.

PÉRIÈS, Didier

Mystères à Natagamau. Opération Clandestino, 2013.
Mystères à Natagamau. Le secret du borgne, 2016.

RENAUD, Jean-Baptiste

Les orphelins. Rémi et Luc-John (Tome 1), 2014.
Les orphelins. Rémi à la guerre (Tome 2), 2015.

ROYER, Louise

iPod et minijupe au 18ᵉ siècle, 2011.
Culotte et redingote au 21ᵉ siècle, 2012.
Bastille et dynamite, 2015.
Téléportation et tours jumelles, 2018.

VIENS, Mylène

Pourquoi pas ?, 2018.